Alice de Chambrier

BELLADONNA
ET AUTRES CONTES

BELLADONNA

– Viens ici, Andréa, j'ai quelque chose à te dire...

Je m'approchai de mon jeune maître, et jetai sur lui un regard inquiet. Il était à demi étendu sur une causeuse et, tout en parlant, roulait avec nonchalance entre ses doigts une cigarette presque consumée.

Le comte Antonio Pasquali était le dernier descendant d'une illustre famille italienne ; son père, mort un an auparavant, m'avait fait promettre de veiller toujours sur le jeune homme, et bien que je fusse d'une condition inférieure, – de père en fils nous avions été intendants des domaines Pasquali – Antonio voulait bien la plupart du temps écouter mes conseils et les suivre.

Il avait un caractère naturellement gai et enjoué, mais depuis qu'il avait été passer quelque temps dans un vallon perdu au milieu des Alpes, à trois heures au-dessus d'Airolo, il était devenu d'une indicible mélancolie dont je ne pouvais trouver la cause et que rien ne parvenait à vaincre. Il ne voulait plus sortir, plus voir personne ; je lui conseillais de se marier : il ne consentait pas à en entendre parler, quoiqu'il eût pu choisir à son gré parmi les plus jolies *signorine* de toute l'Italie.

Pour moi, je n'aurais pas fait tant de façons. Il y avait à l'hôtel même où nous étions trois petites duchesses, avec des teints dorés et des yeux brillants comme des étoiles.

Ma foi, à la place du comte, la seule chose qui m'eût un peu retenu aurait été la nécessité de choisir ; car pour les *signorine,* au moindre signal elles eussent franchi tous les obstacles, et rejoint le beau seigneur pâle et triste qui depuis son retour des Alpes ne les regardait même plus, tandis qu'avant il était fort empressé auprès d'elles. Quand sa voiture croisait la leur, elles avaient beau lui lancer des regards brillants comme des éclairs, tousser d'une façon intéressante, rire juste assez pour se faire remarquer, sans cependant que cela eût mauvais air, rien ne réussissait ; le comte Pasquali ne voulait pas voir les pauvres petites, et je me creusais la tête sans succès pour deviner ce qu'il pouvait trouver de si absorbant dans la contemplation du tapis de pied de sa calèche.

Nous nous trouvions alors sur les rives du lac Majeur, et mon maître attendait là la venue de l'hiver, qui devait le ramener à Rome, sa résidence ordinaire. L'appartement du comte se trouvait au rez-de-chaussée dans une dépendance de l'hôtel, et donnait sur un bosquet plein de sentiers mystérieux.

– Assieds-toi là, à côté de moi, Andréa Marchesci, continua le comte. Je vais t'expliquer la raison de ma manière d'être, et nous verrons si, après cela, tu te moqueras encore de ma mélancolie ; mais avant que je commence, donne-moi un verre d'eau et une autre cigarette.

Et il jeta négligemment par la fenêtre ouverte le reste de celle qu'il tenait. Je me hâtai de suivre ses ordres ; il but quelques gorgées du verre que je posai sur un guéridon à côté de lui, lissa ses longues moustaches avec son mouchoir de baptiste brodé à jour et commença :

– Ce que j'ai à te dire, mon ami, est profondément bizarre ; tu te rappelles que tu m'accompagnas jusqu'à Airolo, ce village extraordinaire, détruit en un jour, ressuscité comme par enchantement, et dont le nom naguère obscur reste actuellement attaché à l'une des plus grandes entreprises de notre siècle.

Après t'avoir embarqué dans la diligence qui devait te ramener ici, je me dirigeai vers le tunnel du Gothard. À chaque instant quelque type étrange se présentait devant moi ; je m'amusais de la différence de figure et d'allure des ouvriers suisses et de mes compatriotes. Les Italiens se promenaient gravement ; la plupart portaient leur habit de velours râpé sur la poitrine, au lieu de s'en couvrir le dos ; presque tous avaient des airs de grands seigneurs déguisés. Je m'arrêtai à l'entrée du tunnel ; c'était au moment où une escouade de travailleurs allait se mettre en marche pour accomplir ses six heures de travail réglementaires. Tous les hommes allumaient leurs lampes en riant et en criant ; c'était un tumulte assourdissant. Bientôt le signal du départ fut donné, les ouvriers s'enfoncèrent en chantant dans la ténébreuse galerie, leurs formes disparurent dans l'ombre ; seules leurs lampes étaient encore visibles, elle se balançaient dans la nuit comme des étoiles.

Mille pensées se présentèrent à mon esprit devant ce spectacle fantastique, et j'évoquai aussitôt l'image de tout un peuple de gnomes poursuivant une œuvre gigantesque au milieu des entrailles de la terre... Le sifflement aigu d'une locomotive m'arracha subitement à ce rêve. Une sorte d'étouffement me saisit en songeant que c'étaient des hommes, mes semblables, qui travaillaient dans ces profondeurs horribles, que presque chaque jour quelques-uns d'entre eux tombaient frappés à mort par une pierre ou par un wagonnet lancé dans la nuit et, succombaient là, loin du jour, que leurs cadavres ne revoyaient pas même ; car souvent leurs camarades les enterraient à quelques pas du lieu où ils avaient été atteints. Ceux qui sortaient du tunnel sains et saufs étaient saisis par la maladie, et le plus ordinairement ils se trouvaient vaincus par elle. Au commencement de la grande entreprise, la majeure partie des ouvriers venait du Piémont ; aujourd'hui, on ne trouve presque plus de ceux-là, les Piémontais sont morts, et il a fallu aller chercher plus loin de nouvelles forces et de nouveaux bras.

Ah ! vraiment on pourrait croire parfois qu'il y a une malédiction attachée au travail, car les plus belles œuvres, même celles qui doivent servir à la paix et au bonheur des peuples, ne peuvent s'achever sans effusion de sang. Ici-bas chaque monument du génie a ses martyrs obscurs ou célèbres qui fondent sa gloire et assurent sa durée.

Ce fut en poursuivant ces réflexions que je pris le chemin de Piora. J'eus bientôt dépassé le village de Madrano, quelques maisons noires, cognées les unes contre les autres, avec des rues larges comme des escaliers de poules. La seule curiosité de ce hameau est un chasseur de chamois, qui est censé tuer beaucoup de ces animaux et vendre leurs cornes aux amateurs, mais qui se trouve toujours à court de cette marchandise-là lorsqu'on vient pour lui en acheter.

De Madrano, le chemin monte insensiblement et se confond la plupart du temps avec un ruisseau qui descend de la montagne et qui vous rafraîchit très agréablement les pieds. Le paysage était superbe ; la Lévantine se déroulait au dessous de moi avec ses beaux villages, dont les habitations, neuves pour la plupart, s'étalent joyeusement au soleil, et le Tessin glissait comme un ruban d'argent dans la plaine verte. Le ciel d'un bleu intense semblait sourire aux montagnes blanches qui s'élevaient vers lui.

J'atteignis Brugnasco, qui est de tous points semblable à Madrano, sauf qu'on peut y admirer une maison peinte en rose, et j'arrivai dans un bois où je me perdis. Comme j'errais et m'égarais de plus en plus, des sons mystérieux parvinrent à mon oreille ; c'était une sorte de chanson au refrain bizarre. Je pensai avec joie que j'allais trouver quelqu'un qui m'indiquerait le chemin à suivre, et je me dirigeai du côté d'où le bruit partait. Bientôt je fus dans une jolie clairière, tout entourée de grands arbres ; un ruisseau limpide la traversait en bondissant.

Le chant qui m'intriguait continuait à résonner, et j'aperçus, assise sur une grosse pierre au bord de l'onde, une créature étrange ; ce devait être une Italienne. Je ne pus d'abord juger de sa grandeur, mais un instant après, lorsqu'elle se leva, je vis qu'elle était presque de ma taille, et je ne suis pas précisément petit. Elle avait des yeux... voyons, comment te les décrirai-je ? Tu as déjà remarqué les trois petites duchesses que je rencontre partout où je vais ?...

Je ne sais pourquoi à ce moment-là je m'engouai, toussai, me mouchai, si bien que j'en devins tout rouge. Mon maître me regardait avec un pâle sourire.

– Qu'est-ce que tu as, Andréa ? On te prendrait pour un galant qu'on entretient de sa belle ; tu n'es pourtant pas amoureux des trois *signorine,* j'imagine ?

Je me sentis un peu choqué ; mais avant que j'eusse pu trouver une réponse le jeune homme avait déjà repris, voyant mon mouvement :

– Ne m'interromps pas, Andréa ; je n'ai plus beaucoup de temps pour terminer mon récit : j'ai le sentiment que je suis empoisonné.

À ces mots, toute mon indignation tomba ; je le regardai plein de terreur.

– Vous voulez rire, *illustrissimo !*

Il haussa les épaules.

– Rire ! écoute plutôt. Pour en revenir à l'étrange créature dont je te parlais tout à l'heure, mets ensemble les six yeux des jeunes duchesses, et tu auras le rayonnement de son regard ; de plus, ses prunelles étaient d'un violet noir qui avait des reflets singuliers. Elle avait un teint brun, un peu coloré, avec de petites dents brillantes comme des perles. Son costume se composait d'une jupe rouge et noire, d'une chemisette blanche et d'un corsage noir, fermé devant par un lacet rouge ; aux pieds elle portait de ces sandales de bois fortement ferrées, comme en ont les montagnards. Sa tête était nue et semblait être rejetée en arrière par le poids de ses cheveux, sombres comme l'ébène, avec des reflets bleuâtres ; ils retombaient sur sa figure en bouclettes folles et se massaient sur la nuque en une riche torsade retenue seulement par une flèche en bois sculpté. À la taille de l'inconnue était fixé un gros bouquet de belladone en fleurs et en fruits ; elle en tenait un pareil dans l'une de ses mains, l'autre pendait négligemment dans l'eau ; la jeune fille contemplait avec attention l'écume qui jaillissait sur ses doigts.

J'hésitai un instant avant de m'approcher d'elle ; je lui trouvais quelque chose de si mystérieux.

– C'était pour sûr une *jettatrice,* dis-je à mon maître. Cette description m'effrayait.

Il s'impatienta :

– Ne m'interromps donc pas, Andréa, sinon je ne saurai plus dire un mot, et tu auras une chose terrible sur la conscience.

Je jurai de me tenir coi.

Il reprit la parole :

– Me décidant enfin, je portai la main à mon chapeau et dis :

– Je voudrais aller à Piora, mais je me suis égaré. Ayez la bonté de m'indiquer le chemin.

Elle leva sur moi son regard éblouissant ; je continuai :

– Savez-vous que vous jouez avec quelque chose de bien dangereux ?

– Pas pour moi, répondit-elle.

Je la regardai surpris et lui redemandai de m'indiquer la bonne route à suivre.

– Je dois moi-même aller à Piora, monsieur ; si vous pouvez attendre que j'aie fini de lier mes fleurs avec ces longues herbes, je vous servirai de guide.

Je m'assis sur le gazon ; elle semblait vouloir laisser tomber la conversation, mais je n'étais pas d'humeur à cela et repris aussitôt :

– Êtes-vous du pays, jeune fille ?

– Non, je suis Italienne.

– Comment vous appelez-vous ?

– Belladonna.

Je crus qu'elle avait mal compris ma question.

– Je ne vous demande pas le nom de la plante que vous tenez, mais le vôtre.

Elle répéta :

– Belladonna.

Puis, éclatant d'un rire métallique, elle ôta brusquement la flèche qui retenait ses cheveux, et se trouva enveloppée d'un manteau de jais bleuâtre, à peu près cette teinte que la mode nomme clair de lune, et me regardant bien en face, elle s'écria à deux reprises :

– Ne suis-je pas aussi une *bella donna,* moi ?

Certes oui, elle était une *bella donna,* si belle même que je n'en avais jamais vu de semblable.

Elle se leva.

– J'ai fini maintenant, nous pouvons aller.

Et en un tour de main elle eut relevé sa chevelure et placé la flèche au milieu.

– Alors vous vous appelez vraiment Belladonna ? lui dis-je tout en cheminant à côté d'elle.

– Mon nom t'intrigue donc beaucoup ?

Elle me tutoyait soudain avec un sans-gêne unique et ne se montrait pas du tout intimidée, tandis que je l'étais presque. Le sentier que nous suivions était délicieusement pittoresque, mais il faisait très chaud ; une soif horrible me dévorait.

– Y a-t-il un village prochain où je puisse me rafraîchir, Belladonna ?

– Oui, signor, nous allons arriver à Altanca ; là habite une vieille femme qui a été autrefois à Paris ; elle vend du vin et de la bière.

Nous croisions de temps à autre un vacher, des pâtres, des paysans qui se rendaient dans la vallée, à Airolo ou à Biasca. Ce sont de rudes gaillards que ces Suisses des hauteurs ; ils franchissent d'immenses distances pieds nus, portant deux énormes fromages sur leur dos ; ils vont d'un pas étrange et élastique qui ressemble beaucoup au trot, s'aidant un peu de leur bâton. Leurs bonnes figures franches s'illuminent en répondant au bonjour qu'on leur adresse en passant ; ils s'arrêtent volontiers pour raconter leurs petites affaires ; en moins de cinq minutes vous êtes au courant de leur vie et de leurs habitudes : vous savez combien ils ont de vaches sur l'Alpe, si ce sont de bonnes laitières, si le pâturage est gras, et bien d'autres choses encore. La plupart ont été en service à l'étranger et sont tout heureux lorsqu'on leur donne quelques nouvelles des lieux qu'ils ont autrefois habités. Ils ne paraissent pas cependant regretter la civilisation des grands centres ; l'air des montagnes et la profonde tranquillité de la vie qu'ils mènent suffisent à ces braves cœurs.

Je remarquai qu'à côté du plaisir qu'ils montraient en me répondant, une expression de terreur se peignait sur leur visage en apercevant Belladonna ; ils faisaient un signe de croix en passant à côté d'elle.

Lorsque nous arrivâmes au village, je vis plusieurs regards malveillants fixés sur la jeune fille ; l'Italienne semblait ne pas s'en apercevoir ; elle me conduisit dans une chaumière noire et basse, où je trouvai une petite vieille toute frétillante, qui, ayant découvert que je savais le français, se mit à me parler avec volubilité dans cette langue.

Ma belle conductrice était restée sur le seuil de la porte et chantait à demi-voix. Un rayon de soleil dansait autour de son élégante personne et lui faisait comme une auréole de lumière ; l'hôtesse me l'indiqua du doigt et, baissant la voix :

– Faites attention à cette créature, monsieur ; personne ne s'est encore impunément approché d'elle.

– Vous savez qui c'est ?

La vieille haussa les épaules.

– Qui pourrait le savoir ? On dit bien des choses sur son compte. Les uns prétendent que c'est malfaisant de la montagne, les autres que c'est une sorcière italienne ; mais ce qui est sûr, c'est qu'elle porte malheur. Gottardo, le petit chevrier, l'a un jour rencontrée sur la hauteur ; le lendemain, il est tombé le long d'une paroi de rochers et s'est tué. Veronica, la plus belle fille du village, l'a reçue une nuit dans son chalet ; une semaine après le chalet a brûlé, avec tous les fourrages qu'on y avait remisés et six vaches. Il y a aussi... Ah ! santa Maria !

La vieille joignit les mains. Belladonna pénétrait dans la salle et fixait son regard lumineux sur l'hôtesse.

– Pourquoi dites-vous du mal de moi, Barbara ? Est-ce ma faute si Gottardo s'entêtait à passer par des chemins où les chèvres mêmes ne s'aventuraient pas, et si un jour la touffe de rhododendrons à laquelle il s'accrochait a cédé sous lui et s'il s'est assommé ? Est-ce ma faute si Veronica comme une négligente qu'elle est, a fait du feu à côté du chalet et ne l'a pas bien éteint, de telle sorte que le vent a attisé les braises et a porté une étincelle sur le toit de chacune ? Est-ce ma faute tout cela ?

Le vieille geignait tout haut :

– Sainte Barbe, ma patronne, que va-t-il m'arriver maintenant ?

Je me levai, impatienté par ces jérémiades, payai ce que je devais et repris ma route. La végétation se transformait peu à peu ; en place des prés verdoyants, des champs de blé jaunes se dressaient de hauts mélèzes, d'abord touffus et forts, puis rabougris à mesure qu'on s'élevait. Bientôt apparut l'herbe rase et brûlée par le soleil, les petites gentianes, pareilles à des yeux bleus dans la mousse. À nos pieds grondait un torrent écumeux.

Nous marchions en silence. Belladonna tournait fiévreusement une brindille de paille entre ses doigts ; soudain elle s'arrêta :

– Est-ce que tu le crois ?

– Croire quoi ?

– Ce qu'on t'a raconté de moi.

– Je n'ai pas de raison pour le croire.

– Ah ! ils sont si méchants !

Puis tout à coup changeant de ton et m'enveloppant de son chatoyant regard :

– Tu me parais bon, dit-elle ; ils ont peut-être raison, éloigne-toi de moi ; je suis née sous une mauvaise étoile, je n'ai jamais connu mes parents ; une mendiante m'a empêchée de mourir de faim en partageant avec moi ce qu'elle recevait ; j'ai été heureuse avec elle. Après sa mort, les tristes jours ont commencé ; on m'a accusée d'avoir le mauvais œil ; j'ai été battue et maltraitée. Ma seule ressource pour vivre fut d'aller dans les bois chercher toutes sortes de plantes médicinales qu'un pharmacien complaisant m'achetait : c'est ainsi que j'ai appris à connaître la plante dont je porte le nom. Il y avait une ressemblance entre la belladone et moi : elle était belle comme moi, et comme moi méprisée et foulée aux pieds, quoiqu'elle serve à guérir ceux qui la détruisent. Un jour, lasse de la vie, j'ai voulu en finir avec elle : j'ai mangé de ces baies appétissantes. La belladone n'a pas voulu me tuer ; j'ai été bien malade, mais je me suis guérie. Ensuite, j'ai quitté mon pays pour suivre ici un vieillard et sa fille qui se montraient bienveillants à mon égard ; lui voulait travailler au tunnel, mais il est mort peu de temps après ; mon amie s'est mariée et est partie pour une contrée éloignée. Je suis de nouveau restée seule, et tout l'été j'ai vécu solitaire sur la montagne ; lorsque l'hiver viendra, il faudra m'en aller... où ? je l'ignore.

Le sentier que nous suivions dominait d'un côté une pente fort rapide ; de l'autre, il s'adossait à la montagne. Tout en cheminant, mon regard tomba sur une inscription latine gravée dans le roc. Les lettres étaient très hautes et profondément taillées ; une grande croix, également creusée dans la pierre, occupait tout le côté gauche de cet étrange monument. Je cherchai à déchiffrer le sens que présentaient ces caractères, mais tous les signes du bas manquaient, le temps les avait effacés, et la seule chose qui me parût claire c'est que ce roc devait perpétuer la mémoire d'un chrétien mort il y a quatorze cents ans et peut-être enterré là. Le nom même de cet homme était illisible.

Belladonna se tenait pensive à mes côtés ; je l'interpellai :

– Qu'est-ce que cela ?

– Mystère, répondit-elle doucement ; personne ici-bas ne peut répondre à ta question ; celui qui repose là est ignoré des hommes, il est heureux ; la nature seule pourrait dire son nom, mais elle ne le veut pas ; elle sait bien garder les secrets, la nature, et ne révèle jamais rien de ce qui lui est confié.

Nous reprîmes notre marche ; le chemin devenait de plus en plus difficile. Nous dépassâmes quelques hommes pesamment chargés qui gravissaient péniblement le rude sentier ; je leur demandai ce qu'ils portaient.

– Les provisions pour l'hôtel Piora, me répondit l'un d'eux en s'arrêtant un instant pour essuyer son visage, dont le teint avait passé au rouge brun et qui était tout couvert de sueur. « Tout ce qu'on mange là-haut et tout ce qu'on boit, sauf l'eau, il faut l'amener ainsi ».

Il me sembla que la pensée du rude labeur de ces malheureux m'ôterait l'appétit pendant mon séjour à la montagne.

Nous traversâmes ensuite un hameau composé uniquement de granges et d'étables, et qui n'est habité que pendant quelques semaines d'été. Je commençais à me sentir las ; ma compagne, au contraire, marchait d'un pas toujours plus accéléré ; sa physionomie s'éclairait à mesure que nous nous élevions. Enfin, à un contour subit du chemin, une maison blanche apparut à nos yeux. Belladonna me l'indiqua du doigt.

– Voilà l'hôtel, tu es arrivé ; adieu.

Et avant que j'eusse pu la retenir et la remercier, elle avait pris un sentier contournant une des dernières arêtes de la montagne, et disparaissait derrière un repli de terrain. Je restai quelques instants immobile, occupé à réfléchir à mon étrange aventure, puis je m'avançai vers le bâtiment que la mystérieuse créature m'avait indiqué. J'y fus cordialement reçu et installé dans une des plus belles chambres.

Lorsque je me fus rafraîchi et que j'eus écrit une carte pour te dire que j'étais bien arrivé, l'envie me prit de faire quelques pas autour de la maison pour me rendre compte des lieux ; puis j'étais poursuivi du secret espoir de rencontrer de nouveau Belladonna. Elle ne devait pas être loin ; sa magique apparition allait peut-être encore surgir devant moi.

Une fois en plein air, la magnificence du paysage qui m'environnait changea pour un instant le cours de mes pensées. Figure-toi un hippodrome gigantesque, dont le fond est rempli par un lac bleu noir et profond comme le ciel. Tout autour de grandes montagnes se profilent en sombre sur l'azur clair. On entend les sons argentins des clochettes des chèvres et ceux plus graves des bourdons des vaches, au nombre de plusieurs centaines, qui paissent tranquillement sur les pentes glissantes. Les rives du lac forment mille anses mignonnes, dont chacune est un petit Éden tapissé de rhododendrons, de mousses et d'herbes. Les mélèzes se reflètent dans l'eau claire ; les oiseaux chantent joyeusement dans leurs branches.

J'étais ravi !

Les jours suivants, je fis peu à peu connaissance avec les personnes qui se trouvaient en séjour dans l'hôtel. Elles me furent de très agréables relations ; je crois vraiment qu'on est meilleur sur la montagne que partout ailleurs, car, bien que nous eussions de longues conversations, nous ne disions jamais de mal les uns des autres. Le matin, chacun allait errer de son côté ; l'après-midi, on se réunissait devant la maison, sur la terrasse, les dames avec leur ouvrage, les messieurs avec leurs cigarettes, et on prenait le café ensemble ; quelquefois aussi nous nous arrangions pour faire de grandes courses, où chacun apportait sa part d'entrain et de provisions.

Je n'essayerai pas, mon vieux Andréa, de te raconter toute cette vie en détail ; tu n'as besoin de connaître que les quelques circonstances qui ont directement trait à l'état où tu me vois.

Un jour j'eus la fantaisie d'entreprendre seul une ascension assez longue ; je me fis bien expliquer la route à suivre et me mis en chemin, le sac sur le dos ; je marchai longtemps au milieu des grands blocs de rochers que les avalanches détachent chaque hiver des montagnes qui surplombent la vallée. L'air était d'une admirable pureté, le panorama qui se déroulait à ma vue, magnifique. Après une heure de marche, j'arrivai au lac Tom, petit réservoir un peu plus élevé que le lac Ritom, auprès duquel est situé l'hôtel. Après avoir dépassé celui-là et gravi une pente assez raide, j'en retrouvai un troisième, puis un quatrième. C'était avec un vrai plaisir d'enfant que je m'approchais de ces rives solitaires ; j'aime ces lacs des Alpes si petits et si encaissés que les tempêtes parviennent à peine à troubler leurs ondes, et si profonds en même temps. Ce sont comme les grands yeux ouverts de la montagne, yeux pareils à ceux des sirènes, qui attirent l'homme et le fascinent.

C'est ainsi qu'arrivé presqu'au but de ma course je découvris, entre deux parois de rochers, un bassin qui pouvait avoir un tiers de lieue de circonférence ; du côté opposé à celui où je me tenais, une grande surface de neige descendait jusque dans l'eau et s'y enfonçait, en prenant des teintes argentées. La rive où je m'arrêtai était couverte de sable fin, qui étincelait sous le flot ; puis, à la distance de trois ou quatre pieds en avant, le sol se dérobait tout à coup : c'était l'abîme ; jusqu'où descendait-il ? Je lançai des pierres dans cette ombre mystérieuse ; elles y tombaient avec une plainte triste comme un sanglot, puis disparaissaient pour jamais, au milieu d'un léger remous qui venait expirer à mes pieds.

– Que fais-tu là ? dit brusquement une voix derrière moi.

C'était Belladonna.

– Je m'amuse.

Elle commença à rire.

– Tu es bien heureux, s'il ne faut que cela pour t'amuser ; il y a bien longtemps que je n'ai plus de plaisir à ce jeu-là.

– Mais à quoi donc avez-vous encore du plaisir ?

– J'en ai à causer avec les fleurs de la montagne ; elles me connaissent toutes aussi bien que je les connais. Les petites gentianes me parlent du ciel ; elles sont encore plus bleues que lui, et lorsque je passe elles me regardent timidement tapies dans leur nid de mousse et me sourient. Je ne les cueille pas, parce qu'elles en mourraient, et je ne veux pas leur faire de mal.

Je haussai les épaules.

— Qu'est-ce qu'elles sentiraient à cela ? Les choses ne souffrent pas.

— Tu crois ? Eh bien, moi, je suis sûre qu'elles ont plus de sensations que nous ne supposons, et elles sont plus malheureuses que nous, parce qu'elles ne peuvent se plaindre à personne ; aussi, quand je trouve une plante déracinée par quelque passant qui l'a ensuite rejetée, je la soigne, je la remets en terre, je lui rends la vie. Aussi les plantes m'aiment. La belladone n'a pas voulu me tuer, je t'ai raconté cela l'autre jour ; elle aussi me témoignait sa reconnaissance. Souvent j'ai relevé ses branches brisées par ses ennemis, et elle me permet de la cueillir et de la porter sur moi ; elle n'a pas de meilleure amie...

Pendant que mon maître parlait, je l'observais avec inquiétude ; il s'exaltait à un point singulier, ses yeux avaient des éclats superbes, mais en même temps le jeune homme semblait avoir peine à les tenir ouverts ; il s'exprimait fort rapidement, d'une voix brève et saccadée.

J'essayai de le calmer un peu ; il se mit dans une violente colère.

— Ne peux-tu tenir ta langue, Marchesci ? Laisse-moi finir, j'ai à peine le temps.

La troisième fois que je rencontrai cette adorable créature, c'était l'avant-veille de mon départ. Je faisais une promenade avec un partie de la société ; nous étions très gais et très en train.

En passant devant une chapelle située près de Cadagno, un hameau perdu qui se mire dans un petit lac portant le même nom, nous trouvâmes un bon homme et une bonne femme qui mangeaient tristement un morceau de pain bis dur comme de la pierre. (Je puis affirmer l'exactitude de ce détail, parce que nous en avons demandé un morceau à ces gens). Auprès d'eux était une vache, mais la pauvre bête en paissant avait, paraît-il glissé le long d'une paroi de rochers et s'était tellement blessée à la jambe qu'il ne restait plus qu'à l'abattre. Ses maîtres, pour qui cela constituait une grosse perte, la ramenaient à Biasca, dans la vallée : ils avaient les larmes aux yeux en nous racontant ce malheur. Je demeurai un peu en arrière, et leur remettais un léger souvenir lorsqu'une élégante silhouette se dessina sur le seuil de la chapelle. Je poussai une exclamation en reconnaissant ma belle amie, qui me sembla plus adorable que jamais, se détachant en sombre sur le fond clair des vitraux de couleur qui mettaient une auréole brillante autour d'elle.

Belladonna examina la vache sans rien dire, puis ses maîtres. Ceux-ci ne la connaissaient pas, car à sa vue ils n'avaient eu aucun mouvement de crainte. Elle sourit.

— Je la guérirai, votre vache.

Les pauvres gens se consultèrent un moment, puis ils dirent humblement :

– Nous n'avons pas de quoi payer les remèdes. Il vaut mieux vendre la Brunette pour la tuer, on en retirera au moins quelque chose ; mais c'est dommage, pour sûr, une si bonne laitière.

Et ils larmoyaient. Belladonna reprit :

– Les plantes me donnent leurs remèdes pour rien, je ferai la même chose pour vous. N'y a-t-il pas une étable à Piora où vous puissiez abriter cette bête ? Il ne faut pas qu'elle marche davantage.

Les cinq ou six cahutes qui constituent le hameau de Piora sont situées dans une vallée un peu plus élevée et plus froide que celle où est bâti l'hôtel, qui porte ainsi un nom quelque peu usurpé. Belladonna, avec des soins infinis, amena l'animal blessé dans une étable ouverte que les deux montagnards lui indiquèrent.

Tandis que la jeune fille marchait devant moi, j'admirais son allure aisée ; elle avait l'air d'une princesse travestie, et je me sentais le cœur bien serré en songeant que je partirais le surlendemain et ne rencontrerais plus jamais cette tête expressive et ce regard superbe. Même, en la voyant joindre à tant de beauté tant de bonté et de charité, je me dis qu'elle ferait une superbe comtesse, aussi bien qu'une des trois duchesses...

Je fis un saut formidable et me plantai debout devant mon maître.

– Pour cela non, monseigneur ! pour cela non ! Le comte votre père sortirait de sa tombe pour m'accuser, si je vous laissais commettre une pareille mésalliance, une va-nu-pieds, une mendiante, une...

Je me sentis violemment secoué, et les yeux d'Antonio me lancèrent un regard plein d'une telle colère que je m'arrêtai, complètement interloqué.

– Te tairas-tu, mauvais drôle, cria-t-il ; te tairas-tu ? Si tu dis encore un mot contre elle, tu es mort !

Il était comme fou, et, quoique je ne sois pas précisément poltron, je ne pouvais me défendre d'un certain tremblement, accompagné de petits frissons dans le dos. Je n'avais jamais vu le jeune homme dans un pareil état d'exaspération. Il me criait d'une voix tremblante de colère :

– Eh bien, oui, je te le dis, je l'aurais épousée, j'eusse fait à ma tête et non à la tienne, si elle eût voulu, et je ne désespère pas encore de la décider lorsque je la reverrai.

Puis il reprit d'un ton plus calme :

– Il me fallut retrouver la société. Je pris congé de l'Italienne ; elle me tendit sa main brune, que je pris dans la mienne en disant.

– Je pars après-demain, Belladonna ; je pense que je ne te verrai plus.

Elle me regarda un instant fixement, puis soudain quelques larmes perlèrent au bord de ses cils. Elle répéta deux fois :

– Tu pars !

Puis, secouant la tête comme pour chasser sa douleur, elle essaya de rire et me dit :

– C'est lorsqu'on commence à s'aimer qu'il faut se quitter. Je viendrai te dire adieu demain soir.

Elle se détourna ; je rejoignis rapidement mes compagnons que je trouvai établis près d'un fromager qui soignait ses fromages.

On me plaisanta beaucoup sur la rencontre que j'avais faite, mais je ne me sentais pas d'humeur à rire, et pendant tout le reste de la course j'eus devant les yeux l'image de Belladonna, à laquelle j'adressais les plus brûlantes protestations ; je ne vivais plus que de l'espoir de la rencontrer encore une fois.

La journée du lendemain se passa sans incidents ; Belladonna m'avait promis sa visite pour le soir ; je l'attendais avec une fiévreuse impatience, et depuis six heures de l'après-midi je me promenai sur les rives du lac. La cloche du souper me laissa indifférent : je n'aurais rien pu avaler ; mon cœur était plein d'une vraie adoration pour cette étrange créature qui m'avait complètement fasciné.

Peu à peu la nuit m'environna, noyant dans son ombre le lac, puis les coteaux verts, et enfin les montagnes blanches, qui se confondirent dans le gris du ciel.

Soudain, telle qu'une reine d'orient qui se lève et s'avance dans toute sa gloire, la lune apparut, et l'on eût dit que la baguette d'une fée avait touché le vaste cirque allongé de la vallée. Les rayons du bel astre descendaient sur la terre comme des flots d'argent ; ils brodaient mille arabesques sur les cimes pâles des Alpes, dansaient comme des elfes parmi le feuillage noir des mélèzes et venaient se perdre sur le lac dans un ruissellement splendide. Au loin quelques clochettes se faisaient encore entendre et mêlaient leurs notes cristallines à la voix plus grave de la cascade, qui descendait dans la plaine ainsi qu'une fumée étincelante. Çà et là, dans la voûte bleu sombre du ciel, une étoile ouvrait son œil d'or, dont le rayonnement me faisait penser au regard de Belladonna. Le temps s'écoulait ; la lune se trouvait au zénith, et semblait plus éloignée de la terre qu'à l'instant de son lever. Une majesté incomparable revêtait cette nuit sereine ; les hauteurs que je foulais me semblaient ne plus appartenir à la terre ; je flottais dans une sorte de vague extase ; devant l'immensité de l'espace je me sentais grandir : c'était comme si mon front eût touché aux astres qui gravitent dans l'infini. Tout à coup je tressaillis ; un canot manœuvré par une main adroite s'avançait sur l'eau. Il amenait celle que j'attendais.

Je redoutais presque de voir la jeune fille aborder et de devoir lui faire mes adieux. Elle fut vite à la rive. On eût pu la prendre pour la personnification de cette belle nuit d'été : sa noire chevelure était dénouée, et sa figure, caressée par les brillants effluves de la lune, en recevait une grâce suave et idéale. Je restai un moment devant elle sans trouver un mot à lui dire, et vraiment elle m'inspirait une sorte de crainte mystérieuse ; il me semblait avoir devant moi un être d'une essence supérieure à l'humanité ; je l'aurais vue s'élever peu à peu dans l'air et disparaître que je n'en aurais pas été autrement surpris.

Belladonna, elle aussi, me regardait tristement sans parler, et son aspect me causait un trouble bizarre.

Un phalène qui passa plusieurs fois autour de nos têtes rompit le charme qui nous retenait. L'Italienne eut un soupir qui ressemblait à un sanglot.

– L'heureux papillon ! dit-elle, il pourra te suivre, tandis que moi...

Je voulus l'interrompre ; elle m'en empêcha et continua :

– Oui, je sais bien ce que tu vas me dire : tu m'aimes, tu serais heureux de m'épouser ; en cet instant c'est possible, mais dans un mois tu serais déjà lassé de moi, tu me dédaignerais et je me vengerais. Je porte malheur, tu le sais ; la vieille femme d'Altanca a raison.

Je la suppliai :

– Je ne puis vivre sans toi, Belladonna ; tu deviendras le bon génie de mon existence. Jamais l'antique demeure de mes ancêtres ne se sera ouverte devant une comtesse Pasquali si digne de l'être que toi.

Elle eut un mouvement d'impatience.

– C'est inutile, la chose est impossible, je ne saurais vivre dans un palais : il me faut la liberté. La belladone ne peut croître dans les jardins, elle a besoin des grands bois, des lieux solitaires, d'espace : je suis comme elle.

Je me sentais devenir fou.

– Tu feras tout ce que tu voudras, Belladonna ; tu seras aussi indépendante qu'il te plaira ; chaque année, chaque mois, si tu veux, nous viendrons passer quelque temps à la montagne ; j'aurai toute confiance en toi, tout ce que tu me commanderas je l'exécuterai.

– Tout ? dit-elle.

– Oui, tout ; dès à présent tu n'as qu'à ordonner : je suis ton esclave.

L'Italienne détacha de son corsage deux baies de belladone :

– Tiens, mange, Antonio, et nous partirons ensemble pour un monde nouveau.

Elle m'eût ordonné d'accomplir les travaux d'Hercule que je l'eusse fait ; ce qu'elle me demandait là ne me semblait rien, les conséquences de cet acte m'importaient peu ; ma vie dépendait des ordres de cette voix persuasive ; je pris les fruits et les portai à ma bouche...

Certainement mon maître avait perdu la raison. Je levai les mains au ciel.

– Santa Maria ! non, c'est impossible, vous n'avez pas fait cela, monsieur le comte ?

Il ne répondit pas ; il s'était un peu affaissé sur lui-même et dormait profondément. Une frayeur horrible me saisit ; je fis vivement un pas vers lui ; mon pied heurta un objet qui se trouvait à terre et qui évidemment devait être tombé de la poche du jeune homme. Je me baissai pour le ramasser ; je vis une petite boîte avec des caractères étranges ; sur l'un des côtés Antonio avait écrit un mot que je déchiffrai avec stupeur. Cette boîte renfermait du *hachisch*. J'avais l'explication des aventures invraisemblables de mon jeune maître et de son inconcevable folie. Et je me souvins tout à coup que le jour de son retour de la montagne Antonio avait acheté d'un marchand ambulant, qui avait une figure de moricaud et était affublé comme un singe, plusieurs petits paquets mystérieux dont je n'avais jamais pu savoir le contenu. Ah ! si j'avais deviné alors le poison qu'ils contenaient !...

Le comte s'était peu à peu accoutumé à user de cette drogue, et encore tout charmé de l'alpestre nature de Piora, c'est là que se plaçait tout naturellement le théâtre de ses hallucinations. Oh ! mon pauvre cher maître ! hélas ! s'il n'avait pas été empoisonné par Belladonna, il l'était certainement par cette maudite pâte orientale ; j'avais déjà entendu des histoires horribles à ce sujet.

Pris d'un légitime accès de fureur, je jetai violemment la boîte par la fenêtre ouverte, qui se trouvait, comme je l'ai dit, au rez-de-chaussée de l'hôtel, puis je m'approchai du malheureux jeune homme et le contemplai en silence.

– Votre maître a perdu ceci, je crois, monsieur Andréa, dit soudain une voix cristalline. Est-il chez lui dans ce moment ?

Je me retournai prestement.

Sur le seuil de la grande porte vitrée qui menait dehors et qui était ouverte à cause de la chaleur se tenait une jeune fille, ravissante, je dois l'avouer, et pour le coup je crus que je devenais aussi fou que le comte, car, troublé par ce que je venais d'entendre, ma première pensée fut que j'avais affaire à Belladonna en personne. Je me recommandai tout bas à saint André, mon patron.

Cette personne n'était pourtant qu'Inésilla, l'aînée des jeunes duchesses dont j'ai déjà parlé.

Une idée subite passa comme un éclair dans mon cerveau ; je faisais peut-être une bêtise, mais, ma foi, lorsqu'il m'arrive d'avoir comme cela une inspiration, je ne puis m'empêcher de la mettre à exécution sur-le-champ.

– Non, monsieur le comte est absent, répondis-je à la jeune fille.

Elle ne pouvait du reste pas l'apercevoir, le haut dossier de la causeuse le masquait complètement. Je ne nie pas que ce ne fût un gros mensonge ce que je disais là, et même le premier de ma vie. Mais l'existence de mon maître en dépendait.

Mlle Inésilla fit un pas en avant. Je refermai les portes derrière elle ; elle se retourna effrayée et irritée ; je tombai à ses genoux et, sans pouvoir retenir mes larmes :

— Signorina, il va mourir ; oh ! sauvez-le, sauvez-le, vous pouvez le faire ! Ne craignez rien, il ne vous arrivera pas de mal. Obéissez-moi seulement, c'est aussi pour votre bonheur ; vous aimez le comte Pasquali, j'en suis sûr, il vous aimera aussi.

Elle tremblait.

— Mais, Andréa, cela ne convient pas : pensez donc, si l'on me voit ici !

— On ne vous a pas vue et on ne vous verra pas, signorina. Sauvez-le, sauvez-le, puisque vous l'aimez !

Son œil s'alluma :

— Vous dites vrai, monsieur Andréa ; que dois-je faire ?

Certes, c'était bien la duchesse Inésilla qui, sous les traits de Belladonna, passait dans les rêves de mon maître. La jeune fille, telle que je la voyais devant moi, gracieusement moulée dans sa robe de gaze blanche, les ondes de ses cheveux d'ébène retenues sur la nuque par une épingle d'or enrichie de perles fines, un châle de crêpe rouge sur les épaules, ses yeux veloutés lançant d'étranges éclairs, était bien l'image vivante de la vision de Piora.

— Laissez-moi faire, lui dis-je encore une fois, et ne craignez rien.

Le petit salon du comte Pasquali avait l'apparence d'un musée. Antonio était collectionneur enragé ; tous les meubles disparaissaient sous les porcelaines rares, les étoffes curieuses et les tentures de prix qui composaient son butin de l'été. Je pus ainsi facilement improviser un costume qui, au premier aspect, devait imiter à s'y méprendre celui que portait l'héroïne de mon maître. Cela fait, je dis à la jeune fille :

— Si la signorina voulait bien ôter l'épingle qui retient ses cheveux.

Elle obéit sans mot dire.

Je me retirai un peu en arrière pour juger de mon œuvre. Je n'avais jamais rien imaginé de si beau. Le soleil couchant enveloppait la jeune duchesse de ses rayons rouges et or, et mettait des reflets bizarres sur les tons sombres de ses cheveux défaits ; sa figure, extrêmement pâle, était dans l'ombre ; on aurait pu la prendre pour celle d'une femme de marbre, si ses yeux superbes ne l'eussent éclairée.

— C'est très bien ainsi, c'est magnifique ! m'écriai-je. Vous le sauverez certainement ! Mais surtout, signorina, ne lui rendez jamais la petite boîte que vous avez ramassée ; c'est la clef de votre bonheur, conservez-la toujours.

Puis je m'approchai du comte endormi et le secouai violemment. Il ouvrit les yeux ; je me penchai vers lui :

— Maître, maître, c'est Belladonna !

Il se dressa brusquement, se tourna du côté de la jeune duchesse et, poussant un cri étouffé, il se jeta à ses pieds.

– Tu consens donc ? tu veux ? lui dit-il.

Elle rougit un peu et lui répondit doucement :

– Oui, je le veux.

Un mois après, un grand mariage se célébrait à Rome : c'était celui du comte Antonio Pasquali avec Inésilla, fille aînée du duc de M***.

La mariée paraissait adorable dans sa vaporeuse toilette blanche, et toutes les jeunes filles présentes déclarèrent que mon maître était le plus accompli des cavaliers.

Depuis lors la vie des nouveaux époux n'est qu'une longue lune de miel ; le comte prétend encore que sa jeune femme possède un pouvoir surnaturel, et que c'est bien elle qui lui est apparue à Piora. Lorsqu'ils sont seuls ensemble, il l'appelle toujours Belladonna.

LILIO

Il était environ neuf heures du matin. Les ouvriers d'une carrière située tout près de Neuchâtel travaillaient activement ; les uns étaient occupés à miner la pierre, d'autres hissaient avec peine de lourds quartiers de roc dans les wagonnets chargés de les transporter jusqu'aux barques amarrées au bord du lac. C'était au mois de mai, le temps était superbe et déjà très chaud pour la saison. Une légère buée flottait à l'horizon, cachant en partie les Alpes dont les plus hautes cimes, la dominant, semblaient veiller sur la plaine immense qui s'étendait à leurs pieds. Tout à coup une forte détonation se fit entendre, quelques blocs de rocher roulèrent sur la route au milieu d'un nuage de poussière et de fumée. Puis il y eut une grande rumeur et tous les ouvriers se dirigèrent en courant vers le même endroit. L'homme chargé de faire partir la mine était étendu à terre, mortellement blessé : sans doute il avait négligé les mesures de précautions nécessaires, il ne s'était pas suffisamment mis à l'abri ou bien la mine avait éclaté trop tôt.

C'était un homme à la forte stature, les cheveux et la barbe déjà grisonnants ; il n'y avait pas longtemps qu'il travaillait dans la carrière, il avait un caractère renfermé en lui-même, et nul ne savait bien au juste qui il était, et d'où il venait. La seule chose connue de lui, c'était son nom : Napoli. La stupeur régna un moment parmi les assistants, ce corps si robuste, étendu sur le sol, les frappait de terreur.

— Il faut aller chercher un médecin, dit enfin quelqu'un, et transporter le blessé à l'ombre.

Il y avait à quelques pas des buissons fleuris ; ce fut là qu'on déposa le malheureux. Au moment où on le coucha sur le gazon, il ouvrit les yeux :

— Lilio ! murmura-t-il, appelez Lilio !

Un jeune homme se détacha du groupe et descendit rapidement jusqu'à la rive. Sur le pont d'une des barques, aidant à charger les pierres, se trouvait un enfant de 12 à 13 ans ; sa figure déjà sérieuse, éclairée par de grands yeux noirs, était d'une grande régularité. Il tressaillit lorsque le jeune ouvrier le saisit rudement par le bras.

— Que veux-tu, Giuseppe ? dit-il.

— Ton père te demande.

— Il a quelque chose à me dire, le père ?

— Bien sûr, puisqu'il t'appelle, dépêche-toi.

Lilio lut sans doute sur le visage de son interlocuteur que quelque chose de grave s'était passé ; sans plus faire de questions, il gravit avec la grâce et l'agilité d'un chamois la rive escarpée et arriva sur la route. D'un coup-d'œil rapide il enveloppa le buisson, le groupe d'ouvriers qui l'entourait et eut peur ; il regarda Giuseppe qui se détourna pour éviter de répondre. Le cœur dévoré d'une indicible angoisse, Lilio s'approcha ; tous s'écartèrent pour lui faire place.

Napoli eut un sourire navré en le reconnaissant ; sa figure était pâle, une écume rouge expirait sur ses lèvres.

– Lilio mio ! murmura-t-il faiblement.

Le jeune garçon s'agenouilla auprès du malheureux.

– Père, pauvre père, disait-il. Ce n'est rien, n'est-ce pas ?

Et, se retournant vers les autres :

– Oh ! dites que ce n'est rien !

Mais des regards tristes, humides même, lui répondirent seuls. Le blessé avait de nouveau perdu connaissance. Lilio avait tiré de sa poche un grand mouchoir à carreaux jaunes et essuyait lentement l'écume sanglante qui teignait les lèvres du moribond. Parfois une grosse larme roulait de ses yeux sur la barbe grisonnante de Napoli et demeurait pareille à une goutte de rosée sur les crins rudes et incultes. Le médecin arriva bientôt, il secoua tristement la tête.

– Rien à faire, dit-il, avant ce soir il sera mort ; enfin, on peut toujours le transporter à l'hôpital.

Napoli fit un mouvement.

– Non, dit-il faiblement, laissez-moi mourir ici, ça n'ira pas longtemps, une heure ou deux, ici, seul avec le petit.

Le docteur haussa les épaules.

– Il faut faire comme il veut. Puis, rencontrant le regard de Lilio fixé sur lui avec désespoir, il passa doucement sa main sur la tête de l'enfant et après avoir ordonné quelques soins pour soulager le mourant, il partit, disant qu'il avait à faire à St-Blaise et repasserait au retour.

Un à un les ouvriers retournèrent au travail, il leur fallait leur salaire, ils devaient vivre, eux.

L'enfant demeura seul près du blessé, posant de temps en temps un baiser sur ce front moite, son pauvre cœur serré. « Le père allait mourir ! » Lilio se répétait cela sans en bien comprendre le sens ; « mourir », oui ; sa mère déjà était morte là-bas en Italie, au bord de la mer, près de Naples ; c'est là qu'il était né, qu'il avait vécu tout petit, et c'était si beau, il était si heureux alors ! Quelquefois le lac, lorsqu'il faisait un temps superbe, ressemblait un peu à la mer, mais le plus souvent, au lieu d'être bleu, il était vert ou gris, et ce n'était pas du tout cela.

Napoli ouvrit les yeux.

– Un peu d'eau, cela me brûle.

Puis, comme l'enfant lui en donnait un verre, il murmura :

– Poverino ! et rassemblant ses forces, il se souleva un peu : Tu seras tout seul maintenant, petit, il faut retourner au pays où demeure ta tante Rachele, elle prendra soin de toi, figlio mio... le patron doit de l'argent... tu pourras... Ah !...

Quelques gouttes de sang perlèrent sur ses lèvres, il retomba violemment en arrière et ne remua plus.

Lilio ne pleurait pas, ses mains crispées serraient les mains froides du mourant.

– Père, tu m'aimes, n'est-ce pas, tu m'aimes, murmurait-il. Oh ! ne me laisse pas seul.

Mais Napoli ne pouvait plus l'entendre, la mort était venue poser son étreinte glacée sur le cœur de l'italien. Lilio était orphelin.

Lorsque Giuseppe revint un peu plus tard, il trouva l'enfant, les bras autour du cou de son père, lui parlant à l'oreille.

– Eh bien ! Lilio ?

– Il ne veut plus rien dire, Giuseppe, je crois qu'il est fâché contre moi !

Le jeune homme écarta le pauvre garçon.

– Ton père est mort, petit, il ne te parlera plus jamais, il se repose.

Lorsque le médecin revint, il ne put que constater le décès. On transporta le corps à l'hôpital pour lui préparer une sépulture convenable.

Lilio le suivit jusque là, on ne le laissa pas entrer et il était trop timide pour insister.

Le pauvre petit ne savait où aller, il essaya de revenir à la mansarde qu'il occupait avec son père, mais Napoli en avait gardé la clef sur lui, la femme qui leur louait ce réduit était en journée, et le petit Italien descendit tristement dans la rue. Tout en marchant à l'aventure, il se demandait pourquoi tout paraissait si joyeux autour de lui, alors que son cœur était si désolé. Des enfants jouaient aux billes sur une des places de la ville, il s'approcha machinalement et les regarda ; l'un d'eux l'apostropha brutalement : c'était un joli petit garçon bien habillé, au regard brillant et animé, à la chevelure bouclée ; sans doute il avait encore ses parents, il était heureux et ne s'imaginait pas que l'on pût être pauvre, isolé et orphelin.

– Que fais-tu là petit *miston* ? Je te conseille de t'en aller un peu vite, tu n'as pas besoin de nous regarder ainsi, m'entends-tu ?

Et le méchant le frappa.

Lilio ne répondit rien, il s'en alla humblement, étonné d'être ainsi repoussé ; la veille encore il n'aurait pas supporté ce coup sans le rendre, mais aujourd'hui que lui importait ! on pouvait le battre impunément, le père n'était plus là.

Lilio ne connaissait personne à la carrière, sauf Giuseppe, et Giuseppe était d'ordinaire si rude et les autres si grossiers ; il ne retournerait certainement pas vers eux, non jamais ! Napoli lui avait dit de partir pour Naples, il ferait ainsi, il irait, gagnant sa vie en chemin, il chanterait des chansons de son pays, il danserait, s'aiderait aux travaux de la campagne, il était sûr d'arriver au but de son voyage.

Tout en réfléchissant ainsi, Lilio avait atteint les quais, il s'assit sur un banc et regarda devant lui. Le lac était si calme, si bleu, certes en cet instant-là, la petite baie de l'Evole ressemblait au golfe de Naples, le ciel qui s'y mirait avait les mêmes teintes d'azur foncé, les maisons de toute espèce qui s'élevaient en gradins jusqu'au pied du Jura, pouvaient être prises pour des villas italiennes, grâce au soleil qui jetait des flots de lumière sur leurs façades grises ou jaunes ; jusqu'aux barques peintes de couleurs vives qui glissaient silencieuses sur l'eau qu'elles troublaient à peine de leurs rames ; tout rappelait à l'enfant le pays de son enfance. Ce beau pays, quand le reverrait-il ? Que dirait la tante Rachele quand il reviendrait tout seul, et lui raconterait le malheur arrivé à Napoli ? Pauvre tante Rachele, elle aimait tant ce frère ! Quel chagrin d'apprendre qu'il était mort d'une façon si cruelle ! et de grosses larmes montèrent aux yeux de Lilio. Il eût voulu les retenir, il en avait honte, il cacha sa figure dans ses mains, mais au bout d'un instant, de grosses gouttes filtrèrent à travers ses doigts sur sa peau brune.

Ah ! pleure seulement, pleure, pauvre petit, cela te fera du bien, qui donc s'en apercevrait ! Ceux qui passent devant toi sont trop préoccupés pour prêter attention à ta douleur, chacun d'entre eux a ses peines et ses soucis, comment remarquerait-il les tiens ? Et pourtant non, tandis que tu te désoles sans rien voir devant toi, te croyant isolé au milieu du monde, quelqu'un s'est approché, quelqu'un te regarde avec intérêt, deux grands yeux bleus comptent tes larmes et s'humectent en les voyant, une petite main mignonne touche timidement les tiennes.

— Tu pleures, pauvre garçon, pourquoi ?

Lilio relève brusquement la tête : une petite fille est devant lui, elle peut avoir huit ou neuf ans, ses habits sont déchirés, ses cheveux bouclés en désordre, elle n'est pas jolie, et pour les indifférents qui la rencontrent, la petite personne passera inaperçue, mais pour Lilio cette figure qui exprime la pitié, semble la plus belle du monde. La pauvrette s'assied tout près de lui.

— Tu ne veux pas me dire pourquoi tu pleures ? Tu dois cependant avoir bien du chagrin, toi qui es un garçon ; moi je ne pleure que lorsqu'il est impossible de faire autrement, mais il faut que je sois très malheureuse pour cela !

Et son bras se posait sur celui du jeune Italien qui sourit tristement.

– Oui, je suis bien malheureux, répondit-il, je crois que personne ne l'est autant que moi ; tu sait l'homme qui a été tué ce matin à la carrière, eh bien ! c'était mon père.

– Et c'est cela qui te fait tant de peine ? Ah ! si mon papa mourait, je n'en serais pas si triste, moi.

Il la regarda avec un étonnement mêlé de réprobation.

– Petite, tu ne dois pas parler ainsi, il faut toujours aimer son papa.

– Tu aimais donc le tien, il ne te battait pas ?

– Non, jamais, il était si bon, et maintenant je ne le reverrai plus.

– Pauvre garçon ! mais pourtant je ne comprends pas qu'on puisse ainsi se désoler autant pour un tel sujet, le mien ne fait que me battre, il sort le matin, puis rentre tout à coup lorsqu'on ne l'attend pas, il ne sait plus très bien ce qu'il dit alors, et jure et me donne des coups. Quand la mère a fini sa journée et qu'elle est là, elle se met devant moi et me défend, mais durant le jour, lorsque je reviens de l'école et que je le trouve seul à la maison, je me sauve bien vite. Ainsi aujourd'hui, j'allais ouvrir la porte, mais je l'ai tout à coup entendu qui faisait du bruit et disait des mots !... J'avais pourtant bien envie d'entrer, j'avais si faim, et il se trouvait pour moi, dans le buffet, un petit morceau de pain que la mère n'avait pas voulu manger à son déjeuner. J'étais bien près de pleurer, va, lorsque j'ai vu qu'il fallait me passer de dîner : c'était mon dîner que ce petit morceau de pain-là. J'ai fini par venir me promener ici comme je fais toujours quand je suis triste, je vais tout au bord de l'eau, je regarde les petits poissons qui nagent, quelquefois des enfants leur jettent un peu de pain, ils ont de quoi se nourrir, ces poissons. Oh ! j'ai souvent pensé que je voudrais être l'un d'eux, ils n'ont point de méchant papa... Vois-tu, c'est bien comme je te le disais, tu es bien heureux de n'avoir plus le tien...

Les yeux de Lilio s'allumèrent.

– Mais je te dis que non, petite fille ; ce n'est pas la même chose, si ton père est méchant, le mien était bon, il m'aimait !

– C'est drôle. Sans lui, maman et moi pourrions encore être heureuses ; elle aurait au moins de bons habits et irait à l'église le dimanche, mais dès qu'il arrive le soir, il veut qu'elle lui remette tout ce qu'elle a gagné, et comme il est le plus fort, il faut qu'elle obéisse... Sais-tu ce que c'est que d'avoir faim, toi ?

– Non, j'ai toujours eu assez à manger.

– Moi, je n'ai jamais assez.

Lilio mit la main à sa poche et en tira une pièce d'un sou, il la baisa plusieurs fois, puis la tendit à sa compagne. Elle le regardait faire, étonnée.

– Pourquoi embrasses-tu cette pièce ?

La voix du jeune garçon tremblait un peu lorsqu'il répondit :

– C'est la dernière que le père m'a donnée avant de mourir ; lorsqu'il était content de moi, il me faisait cadeau d'un sou, pour l'employer comme je voulais ; c'est hier soir qu'il m'a remis celui-ci ; mais tiens, prends-le vite et va t'acheter du pain, puisque tu as si faim.

La petite fille mit résolument les mains derrière le dos, comme si elle eût craint d'accéder à l'offre généreuse de son nouvel ami.

– Non, non, je ne veux pas, c'est un souvenir, tu dois le garder ; j'ai l'habitude d'avoir faim.

Lilio insista, la petite demeura inébranlable. Le soir était venu, le crépuscule enveloppait la terre de ses voiles gris, les étoiles commençaient à scintiller. Les enfants se levèrent. Lilio était indécis, ne sachant s'il voulait retourner à son logis, mais il avait peur de la chambre vide où il retrouverait plus poignant encore, le souvenir de son père : la nuit était chaude, ne valait-il pas mieux, peut-être, chercher un refuge dans un des hangars de tailleurs de pierre qui s'élevaient au bord du lac, sur les terrains nouvellement comblés ? Il réfléchissait ; son amie lui toucha le bras.

– Tu ne m'as pas dit comment tu t'appelais.

– Lilio, et toi ?

– Marthe ; tu retournes chez toi, Lilio ?

– Je ne sais pas... Non, j'ai peur.

– Mais tu ne vas pas coucher dehors ?

– Peut-être.

– Tu serais trop mal... Il faut que je retourne vite faire un peu de café pour maman lorsqu'elle rentrera. Adieu, pauvre Lilio.

Elle s'en allait en courant, suivie des yeux par le jeune garçon. Il la trouvait si gentille, si affectueuse, et lui il était si dénué d'affection ; puis l'inquiétante question de savoir où il passerait la nuit se représenta à son esprit. Non, décidément, il ne pouvait rentrer dans cette chambre hantée sans doute par l'ombre du carrier, mieux valait dormir à la belle étoile ; puis en retournant le soir dans l'intérieur de la ville, il craignait de rencontrer ses anciens compagnons de travail ; ils auraient pu le forcer de retourner à la carrière avec eux, et il ne voulait pas rester à Neuchâtel, ni d'une façon, ni d'une autre. Il regagnerait le pays, comment ? il ne savait pas encore, mais c'était le dernier ordre du père, il obéirait.

Tout en raisonnant ainsi, Lilio était arrivé au remplissage, devant une petite baraque ouverte d'un côté. Personne ne pouvait le voir ; il s'y glissa. Dans un coin se trouvait un peu de paille et de foin, destinés sans doute aux pauvres haridelles qui amenaient les blocs de pierre. C'était une bonne fortune pour l'enfant qui se blottit dans ce nid rustique et ne tarda pas à oublier ses peines dans un profond sommeil.

Le lendemain était un dimanche, Lilio put ainsi dormir très longtemps sans être dérangé ; le soleil déjà élevé à l'horizon, le baignait de ses chauds effluves lorsqu'il s'éveilla. Au premier moment il fut stupéfait à la vue des choses inaccoutumées qui l'entouraient ; puis la mémoire lui revint ; les scènes de la veille se retracèrent douloureusement à ses yeux. Il se leva, secoua les brins de paille restés attachés à ses vêtements, passa sa main dans ses cheveux pour les lisser un peu et se débarbouilla tant bien qu'il put dans l'eau du lac. Cependant en regardant ses vieux habits et en songeant que c'était jour de fête, Lilio s'avoua qu'il ne pouvait pas se montrer en ville ainsi accoutré ; il avait bien un autre costume, mais pour s'en revêtir il fallait retourner dans sa mansarde. Il s'y décida, il ne verrait pas encore beaucoup de monde à ces heures-ci ; puis, il n'avait rien mangé depuis la veille au matin, et ressentait, pour la première fois, les impérieuses atteintes de la faim. Il eût pu utiliser sa pièce d'un sou, mais il lui avait trouvé une autre destination et ne voulait pas l'employer pour lui ; d'ailleurs il se souvenait qu'au fond du sac qui contenait tout leur bagage, Napoli avait caché, un jour, deux pièces de cent sous : ce sera pour toi, mon petit, pour retourner dans la patrie, si je venais à manquer subitement.

Le jeune garçon n'avait alors pas songé plus longtemps à cela, il avait fallu la nécessité du moment présent pour lui remettre cette scène en mémoire.

C'était l'heure où les enfants allaient à l'école du dimanche, les cloches les appelaient joyeusement. L'orphelin se faisait le plus petit possible, se glissa le long des maisons jusqu'à ce qu'il atteignit celle qu'il habitait. En montant l'escalier, il aperçut la propriétaire debout sur l'un des paliers ; c'était une grosse femme à la figure rubiconde. Lilio eût bien voulu l'éviter, il n'y avait pas moyen, elle joignit les mains en l'apercevant.

– Comment, c'est toi, petit, qu'as-tu fait jusqu'à présent ? il y a déjà plusieurs personnes qui sont venues pour te parler, entre autres un grand brun, jeune encore, c'est, je crois, Giuseppe que vous l'appelez, il voulait absolument entrer dans la chambre, je n'ai pas consenti, je devais attendre que tu fusses revenu.

Lilio était tout craintif, il désirait terminer l'entretien au plus vite.

– Je vais seulement prendre quelque chose, et je repars, Madame.

– Tu repars pour où ?

– Je veux retourner dans la patrie, le père l'a dit !

– Mais, malheureux, comment veux-tu aller tout seul, et l'argent ? C'est impossible !

L'enfant lui saisit les mains.

– Oh ! Madame, ne dites pas cela ; que si, c'est très possible, j'ai deux pièces de cent sous et j'ai déjà beaucoup voyagé, je sais comment on fait, puis je travaillerai en route, je danserai, je chanterai. Oh ! s'il vous plaît, laissez-moi aller, s'il vous plaît.

– Et le loyer que ton père me doit, paie d'abord.

Lilio était atterré.

– Oh ! Madame, Madame, je ne puis pas... tenez, vous prendrez tout ce qu'il y a dans la chambre, nous avons quelques belles choses dans notre sac, vous pouvez aussi garder les habits du dimanche du pauvre père, tout cela fait bien le loyer, n'est-il pas vrai ? Moi je veux seulement garder mes beaux habits et les deux pièces d'argent.

Et tout en parlant, le jeune Italien, avec toute l'effusion de sa nature méridionale, baisait les mains de son hôtesse.

Ce que Lilio pouvait posséder valait bien sans doute la modique somme due par le défunt. La propriétaire hésita un moment : n'eût-il pas mieux valu faire entrer l'enfant dans un établissement de charité, ou chez un maître d'état, au lieu de le laisser partir ainsi, peut-être pour se perdre ? Mais toutes ces démarches lui eussent pris du temps ; on était à la fin du mois, la mansarde devait se relouer tout de suite, de plus il aurait fallu nourrir le petit pendant quelque jours, et elle était veuve avec six enfants et beaucoup de dettes ; la maison ne rapportait pas gros, le pain était cher, la viande rare, elle faisait un beau bénéfice en acceptant l'offre du jeune garçon. Elle céda et monta avec lui jusque dans le réduit qu'elle décorait du nom pompeux de *Chambre à louer*.

Lilio courut à un sac posé dans un coin, et en renversa le contenu à terre ; au fond d'un vieux bas, il trouva les pièces qu'il cherchait, puis revêtit prestement ses bons habits, et se saisit d'un grand parapluie rouge, qui avait accompagné son père défunt dans toutes ses pérégrinations ; il prit encore un vieux tartan déchiré, un grand couteau et un poinçon.

– Je vous laisse tout le reste, Madame, merci beaucoup, ne dites pas que je suis venu, ni ce que je veux faire.

Il descendait déjà l'escalier quatre à quatre. L'hôtesse eut un remords : le petit avoir de l'enfant valait encore plus qu'elle ne croyait ; elle le rappela et lui donna une miche d'une livre et un peu de salé. Lilio rayonnait, il lui semblait que ces provisions n'auraient point de fin, et dureraient jusqu'à son arrivée à Naples ; il les enveloppa soigneusement dans son tartan, se rendit, comme la veille, sur les quais, et y fit un petit repas dont il avait grand besoin ; puis il regarda autour de lui, espérant vaguement voir apparaître son amie, Marthe, mais elle n'était pas au nombre des promeneurs qui passaient devant lui. Il y en avait de toute espèce, des jeunes, des vieux, des gais, des tristes, des familles entières, le père, la mère, les enfants, tous bien mis et joyeux ; il arriva même qu'un petit garçon, jouant à la balle, fit si bien, qu'il la lança dans le lac. Lilio ne fit qu'un saut et, rentrant dans le lac jusqu'aux genoux, il repêcha le jouet et le rendit à son propriétaire tout penaud. Le père donna un franc au jeune Italien, et voulait qu'il allât se sécher dans sa propre maison, sise tout près de là, mais Lilio refusa absolument.

– Le soleil est assez chaud, ça n'en vaut pas la peine, disait-il.

Au fond, il avait peur, il lui semblait que s'il rentrait dans une maison, on l'y retiendrait prisonnier. Le monsieur avait cependant l'air très bon, mais Lilio était décidé, il refusa catégoriquement, et s'occupa une partie de l'après-midi, à faire, au moyen d'une pierre et d'un poinçon, un petit trou rond dans sa pièce d'un sou. Il eût bien quitté Neuchâtel le jour même, mais il voulait auparavant revoir la petite Marthe, et comme il ne savait pas où elle demeurait, force lui était de s'en remettre au hasard.

Le soir venu, il retourna dormir sous le hangar, mais craignant d'être surpris par les ouvriers, il se réveilla à l'aube, et s'en revint sur son banc près du lac. La matinée était radieuse, au milieu des légères buées qui enveloppaient l'horizon, le soleil apparaissait, étincelant. Ses rayons encore tout humides, semblait-il, donnaient des teintes d'or au ciel vaporeux et venaient se perdre en jouant sur les flots d'un bleu argenté.

– Te voilà, Lilio ? dit soudain une petite voix.

Marthe était près de lui. Lilio poussa une joyeuse exclamation.

– Enfin, c'est toi ! je t'ai attendue hier toute la journée, pourquoi n'es-tu pas venue ?

– Je ne sors jamais le dimanche, j'ai trop honte de mes vieux habits, ils sont si sales.

– Tu n'en as donc pas d'autres ? interrompit le jeune garçon.

– Non, maman avait économisé quelque chose pour m'en faire de neufs à Pâques, mais le père a découvert l'argent, il l'a pris et a été le boire ; quand il est revenu, il ne savait plus ce qu'il faisait, et nous a battues la mère et moi pour nous apprendre à faire des cachotteries.

Lilio écoutait avec émotion.

– Pauvre petite fille, comme cela me fait de la peine pour toi ; je suis bien heureux que tu sois venue ce matin, parce qu'il faut que je parte ; tu sais, je retourne dans la patrie, à Naples, c'est le père qui l'a dit.

Marthe avait les larmes aux yeux.

– Oh ! ne t'en va pas, je t'en prie, ne t'en va pas.

– Mais il le faut bien, petite, puisque je n'ai plus de père, plus personne, je dois aller au pays trouver la tante Rachele.

Cela me fait tant de peine que tu partes, Lilio... Mais sais-tu qu'aujourd'hui on porte ton père au cimetière, es-tu déjà allé au cimetière ?

– Non, jamais.

– Alors, si tu veux, ce soir, à quatre heures, quand je serai hors de l'école, je viendrai te chercher ici, et nous irons regarder ensemble la place où l'on a mis ton papa. Il y fait très beau au cimetière, il y a de grands arbres, beaucoup de verdure et des fleurs, puis j'aime tant à regarder les tombes, on en voit de si belles, toutes blanches avec des croix et des lettres d'or, seulement on ne laisse pas entrer les enfants seuls, mais cela ne fait rien, je connais une petite porte qui se trouve un peu plus haut, lorsqu'on monte le chemin du Mail, elle est souvent ouverte, et sans cela nous pouvons toujours passer par-dessus le mur ; tu m'aideras et nous tâcherons que personne ne nous voie. Mais voilà huit heures qui sonnent, il faut que j'aille vite à l'école, la maîtresse me gronderait si j'étais en retard ; je viendrai te chercher ici à quatre heures. Adieu, petit garçon.

Lilio s'ennuya toute la matinée, et trouva que l'après-midi était bien longue ; il se promena un peu dans la ville, tous les ouvriers étant au travail, il ne craignait pas de rencontrer ceux qu'il connaissait. Déjà avant trois heures il était établi sur son banc, guettant le retour de son amie. Du plus loin qu'il l'aperçut, il courut à elle, et la main dans la main, les deux enfants s'acheminèrent vers le cimetière. Lilio veillait avec un soin jaloux sur sa petite compagne, un gamin ayant fait le mouvement de la frapper en passant, le jeune garçon se retourna d'un air si menaçant, que l'autre, effrayé, prit sa course à toutes jambes. Marthe était très fière.

– Tu es si bon. Lilio, comme je t'aime !

Lilio se redressait.

– Tu comprends, c'est que tu es si petite, Marthe, qu'il faut bien que je te défende.

Ils arrivèrent à la rampe du Mail ; la fillette remplissait l'office de cicérone.

– Vois-tu, ceci est la grande porte du cimetière, on nous renverrait si nous voulions passer par là, mais plus haut nous pourrons très bien entrer ; regarde ces belles tombes comme elles sont fleuries, sur presque toutes il y a une couronne ou un bouquet.

Lilio s'arrêta, comme frappé d'une idée subite.

– Mais alors, le père n'aura rien sur la sienne, il n'a pas de parents, pas d'amis, il n'a que moi et je n'ai pas de fleurs !

Le garçonnet demeurait tout triste, Marthe le tira par le bras.

– Ne te fâche donc pas pour cela, des fleurs, il y en a tout plein par les bois, viens, cueillons-en vite deux gros bouquets.

Ils se mirent à l'œuvre et eurent bientôt fait une abondante récolte, puis ils franchirent le mur et se glissèrent jusqu'aux tombes les plus récentes ; elles disparaissaient sous les fleurs de toute espèce qu'on y avait répandues, derniers témoignages d'affection que ceux qui restent puissent donner à celui qui est parti. Une seule dont la terre était toute fraîche remuée, n'avait pas une fleur, pas une feuille, c'est là que Marthe s'arrêta.

– Elle sera aussi belle que les autres, Lilio, cela lui fera plaisir à ton père, lorsqu'il regardera du ciel, de voir que sa tombe est toute fleurie.

Les deux enfants s'assirent sur le sol. Marthe déposa pieusement son bouquet sur la terre, tandis que Lilio tout rêveur laissait échapper le sien de ses doigts.

– Depuis quel âge est-ce que l'on meurt ? Sais-tu, Marthe ?

– Mais on peut toujours mourir, depuis tout petit, je crois.

– Ainsi, toi et moi, nous pourrions déjà mourir, il me semble que j'aurais bien peur ; il doit faire si noir et si laid sous ces pierres, et j'aime tant à regarder le ciel bleu, et toi ?

– Moi, reprit la petite fille, cela ne me ferait rien, je suppose ; à l'école on nous a dit que ce qu'on mettait dans la terre, c'était seulement quelque chose de nous, qui ne ressentait plus rien ; tu sais, je ne comprends pas très bien cela, mais ce doit être vrai puisque c'est la maîtresse qui l'a dit, et il y a des gens très heureux de mourir. À côté de chez nous, je connaissais une vieille femme, bien malade, qui n'avait personne pour la soigner. Maman m'envoyait quelquefois vers elle pour lui donner à boire et la distraire un peu. Un jour que j'y étais, il est venu un monsieur, il était pasteur, tu connais bien ce que c'est, de ces gens qui parlent le dimanche dans la grande église en pierres jaunes, où l'on monte par des escaliers. Ce monsieur est donc venu chez cette vieille femme, ils se sont entretenus ensemble, je ne sais plus très bien de quoi ; elle racontait qu'elle était contente comme cela, que la vie d'après serait bien plus heureuse ; ils ont dit encore beaucoup d'autres belles choses. Quand le monsieur est parti il est venu près de moi et a posé sa main sur mon front, tandis que de sa voix si douce il me disait : « Un jour, petite fille, tu comprendras tout ce que nous venons de dire, tâche de t'en souvenir jusque-là ». J'ai essayé de le faire et j'y ai souvent repensé depuis. La vieille femme est morte quelques jours après. Je l'ai vue, elle avait une figure si tranquille et si heureuse, que maintenant, lorsque le père me bat, qu'il n'y a rien à manger à la maison, quand j'ai froid et que je suis triste, je me dis que je serais contente de mourir.

Lilio l'écoutait attentivement.

– Alors pas moi, dit-il ; non, je ne voudrais pas, même quand je serais bien malheureux. Vois-tu, j'ai trop besoin de bouger, de marcher, de courir, je ne pourrais jamais rester étendu ainsi comme le pauvre père. Tu es sûre qu'il est là-dedans, Marthe ?

– Mais oui, son corps y est... Je ne puis t'expliquer cela... Ah ! si seulement le pasteur que j'ai vu chez la vieille femme était ici, il saurait bien nous le dire ; il avait l'air si bon et si doux. Oh ! j'aurais tant aimé le revoir ; une fois j'ai cueilli un gros bouquet de violettes pour le lui porter, mais, une fois devant sa porte, je n'ai pas osé entrer, puis, comme j'étais là toute hésitante, il est sorti et a passé devant moi sans me voir ; je n'ai rien su lui dire et suis revenue à la maison où mon père m'a crié dessus à cause de mes fleurs et les a jetées par la fenêtre.

– Si tu venais en Italie avec moi, interrompit Lilio, nous partirions les deux, il ferait si beau, tu serais comme ma petite femme ?

– Comme je le voudrais ! dit Marthe, et ses yeux se dilataient de joie. Mais que deviendrait maman toute seule avec le père, je ne puis pas la laisser ainsi, mais je suis si triste que tu t'en ailles, si triste !

– Je reviendrai.

– Oh ! dans si longtemps, tu m'auras oubliée alors !

– T'oublier, quelle bêtise tu dis là ; je ne t'oublierai jamais ! non, vois-tu, je vais aller en Italie, dans ma belle patrie, et là je gagnerai de l'argent, beaucoup d'argent, et une fois riche, je reviendrai ici et je t'épouserai ; il faut pourtant que je te donne quelque chose pour que tu te souviennes toujours de moi ; regarde, hier, toute l'après-midi, j'ai travaillé à faire un trou dans le sou que tu n'as pas voulu accepter lorsque tu avais faim ; tu dois le prendre maintenant et le porter à ton cou jusqu'à ce que je revienne, et alors je t'apporterai à la place un beau médaillon d'or avec une bague, et nous ferons une belle noce comme celle du roi et de la princesse dans une histoire que le père me racontait le dimanche.

– Mais moi, Lilio, je n'ai rien à te donner pour que tu te souviennes de moi.

– Qu'est-ce que cela peut faire ! Pourtant, sais-tu, Marthe, tu viendras quelquefois porter des fleurs sur cette tombe ; qu'elle ne soit pas plus laide que les autres, j'aurai un plus grand plaisir de cela que si tu me donnais quelque chose de bien beau, et quand je reviendrai, si je vois cette place soignée et fleurie, ce sera un signe que tu m'aimes toujours.

La petite avait rougi de bonheur.

– Oh ! je te le promets, Lilio, je le ferai, je suis si contente.

Le jeune garçon était devenu grave : il faut maintenant que je parte, j'ai laissé mes affaires dans un vieux hangar où personne ne va, je vais vite les chercher, puis je me mettrai en route. Je trouverai bien une grange pour dormir cette nuit.

Les deux enfants reprirent ensemble le chemin de la ville : Marthe avait le cœur bien gros. Lorsque Lilio eut repris son petit bagage et qu'ils furent arrivés au bout du quartier de l'Evole, la petite fille ne sut plus retenir ses larmes. Lilio s'arrêta tout inquiet.

– Voyons, Marthe, il ne faut pas être triste comme cela puisque je reviendrai, je te le jure, quand je serai grand ; ce sera bientôt, regarde seulement.

Et le jeune garçon redressait sa taille souple et élancée ; on lui eût facilement donné deux ans de plus que son âge. Cette espérance ne consolait guère Marthe ; elle continua de pleurer tenant serrées entre les siennes la main brune et nerveuse de son compagnon. Le petit Italien s'impatientait.

– Il faut absolument que je m'en aille. Sais-tu, nous irons jusqu'à la Promenade Carrée, là, nous nous embrasserons, puis tu retourneras chez toi et je partirai.

Marthe y consentit, et quelques instants plus tard, ses yeux bleus gonflés de larmes, la pauvrette était seule au bord du trottoir, accompagnant du regard son ami qui s'éloignait peut-être pour toujours.

*
* *

Dix ans se sont écoulés depuis le récit qui précède ; nous sommes comme alors à la fin de mai, un radieux soleil éclaire le grand marché qui se tient tous les jeudis sur la place des Halles à Neuchâtel. Les vendeuses sont tout à leur affaire ; il y en a de jeunes, de vieilles, de laides, de jolies. Les unes, les yeux éveillés, l'oreille au guet, ont l'air de chiens de chasse éventant le gibier qui peut s'approcher sous la forme de femmes de chambre, de cuisinières et même de fines et élégantes dames, qui aiment à faire leurs emplettes elles-mêmes. Les autres, plus timides ou sûres de leur clientèle, attendent dans des attitudes de reines offensées que l'acheteuse s'arrête devant elles, attirée par les étalages de légumes et de fleurs coquettement arrangés dans une multitude de petites corbeilles. Des revendeuses crient leurs marchandises, accompagnées par les gloussements des poules entassées dans des cages trop étroites. De temps en temps l'un de ces malheureux volatiles réussit à s'échapper, ce qui donne lieu à une chasse effrénée et fort dangereuse au milieu des légumes, des fleurs et de leurs maîtresses indignées et tremblantes. Heureux sont les poursuivants, s'ils n'accrochent pas au passage quelque horion des braves *marmettes* qui ont la main preste à l'occasion ; il va sans dire que les injures ne se comptent pas. Puis c'est un gamin qui guigne de loin une corbeille de pommes appétissantes, mais gardées par un cerbère redoutable. Comment faire pour y mettre la main sans danger ? Il s'ensuit un assaut de finesse et de ruse où le vaurien finit toujours par être vainqueur, au prix d'une bordée d'insultes, il est vrai, mais la pomme a si bon goût.

Ce jour de marché-là, un jeune homme à l'air intelligent, très bien mis, se promenait entre les groupes de marchandes qui surveillaient leurs denrées ; il s'arrêta devant l'une d'elles qui vendait de forts jolis bouquets et lui en acheta plusieurs, puis il se dirigea du côté du Faubourg, alla jusqu'au cimetière et y entra. Il erra longtemps sous les allées bordées de cyprès, examinant l'une après l'autre toutes les tombes. Il trouva enfin celle qu'il cherchait, elle était toute fleurie, surmontée d'une croix de bois noir, avec le nom de *Napoli* grossièrement gravé. L'étranger parut surpris.

– Il faut donc que la petite soit encore là, puisque la tombe de mon père est si bien entretenue ; qui donc s'en serait occupé si ce n'est *elle* ; et dire que je ne puis la retrouver ! Mais, puisque ce lieu est si bien soigné, elle doit y venir souvent ; je la guetterai et nous nous retrouverons sans doute, quoique personne ne puisse me donner des renseignements à son sujet.

Depuis ce jour, l'étranger passa ses journées au cimetière ; il venait le matin avec un livre, s'en allait un instant à midi, puis revenait jusqu'à la fin du jour, s'asseyant invariablement près de la tombe où les fleurs commençaient à se flétrir.

Un soir, il avait fini sa lecture et restait assis, les mains posées sur ses genoux, contemplant les nuages roses du couchant qui mêlaient leurs teintes à celles plus foncées du lac.

Un léger bruit le fit se retourner, une jeune fille marchait dans sa direction ; petite et svelte, très simplement vêtue d'une robe noire ; sa figure, éclairée par de superbes yeux bleus, avait une expression si douce et si modeste qu'elle en était jolie. L'inconnue vint tout près de la tombe de *Napoli*, s'y agenouilla, remplaça les fleurs fanées par d'autres plus fraîches, cueillit un ou deux liserons qui s'enroulaient autour de la croix, puis se releva, mais elle demeura immobile et interdite sous le regard étincelant du jeune homme qui s'était approché et la contemplait fixement.

– Marthe, je vous retrouve enfin !

Elle le regardait sans répondre, comme ne le reconnaissant pas. Il reprit :

– Je tiens ma promesse, Marthe, vous le voyez, de même que vous avez tenu la vôtre, cette tombe où mon père repose depuis dix ans et qui se trouve fleurie aujourd'hui comme alors...

Une vive rougeur envahit les joues de la jeune fille.

– Monsieur Lilio, murmura-t-elle.

Il sourit.

– Pourquoi *Monsieur,* Marthe ? est-ce que entre fiancés on se traite aussi cérémonieusement que cela ? N'ayez pas l'air si interdite, ne vous souvenez-vous pas de notre convention ? Moi j'y ai toujours pensé depuis l'instant où je vous ai quittée, je voulais devenir riche puis revenir ici faire de vous ma femme : vous consentiez alors, et maintenant ?... Il n'y a pourtant pas d'empêchement entre nous, n'est-ce pas, Marthe ? continua-t-il avec inquiétude, voyant qu'elle ne répondait rien. Vous me faites peur, ne m'attendez-vous plus ?... quelqu'un d'autre...

Elle eut un sourire charmant.

– J'étais sûre que vous reviendriez, monsieur Lilio, et je vous ai attendu.

– Vrai ! Oh ! comme je suis heureux, mais vous êtes en deuil, Marthe ?

Les beaux yeux bleus s'humectèrent.

– Oui, de ma mère, voici un an qu'elle est morte ; on l'a enterrée à l'autre bout du cimetière, j'ai fait mettre sur sa tombe une petite croix de bois noir avec son nom, comme celle-ci. J'attendais d'être un peu plus riche pour donner à nos chers défunts des monuments moins ordinaires !

Lilio serrait dans les siennes les mains de sa compagne.

– Je suis riche pour deux. Marthe : ce soir même nous irons commander deux blocs de marbre blanc : en attendant, asseyons-nous sur ce banc, nous avons beaucoup de choses à nous raconter. Qu'êtes-vous devenue pendant ces dix années ?

– Je vais vous le dire, mais à la condition que vous me ferez aussi connaître votre histoire en détail. Environ un an après votre départ, le père est mort, maman et moi nous avons peu après quitté Neuchâtel pour aller à Lausanne : maman était très adroite blanchisseuse, moi, j'avais du goût pour l'étude et voulais devenir institutrice. C'était aussi le désir de ma mère, qui ne consentait jamais à ce que je l'aidasse dans son ouvrage, afin de me laisser tout le temps pour étudier. C'est ainsi que je suis arrivée à prendre mon premier degré, et que j'ai pu obtenir ici une place de maîtresse dans une classe primaire. Ah ! je vous assure qu'en revenant dans cette ville, ma première visite a été pour la tombe de votre père. Le concierge du cimetière, qui connaissait un peu maman, m'avait promis de ne pas l'abandonner, et il n'a vraiment pas trop mal tenu sa promesse.

Au bout de quatre mois de séjour ici, maman est tombée malade et est morte. Oh ! j'ai été bien malheureuse alors, j'étais si isolée : je ne connaissais personne et la tâche que j'avais entreprise me semblait au-dessus de mes forces ; les quarante petites filles composant ma classe étaient si turbulentes, si indisciplinées ! il y avait des jours où je ne savais plus comment faire. Ah ! sans votre souvenir, Lilio, et le ferme espoir que vous reviendriez un jour, je ne sais pas ce que je serais devenue, car j'avais beau me raisonner, me dire que c'était folie d'espérer une telle joie, que vous m'aviez oubliée depuis longtemps, la vue de votre pièce de monnaie – vous voyez que je la porte toujours à mon cou – me rendait invariablement la foi que j'avais en vous.

Maintenant que vous savez ma triste histoire, à votre tour, Lilio, je vous écoute.

– Je vais vous la dire aussi brièvement que possible, parce qu'il est tard et que mon récit est peu intéressant. Mon voyage, comme vous pouvez le penser, fut long : il me fallait toujours gagner la veille de quoi aller plus loin le lendemain. Je me louais donc pour les moissons, les foins, les regains et toutes sortes d'autres choses : si bien qu'au commencement de septembre je pus prendre directement un billet de chemin de fer de Genève à Naples. Comme j'étais heureux lorsque le train s'arrêta à la gare de cette dernière ville ! J'avais hâte de me trouver près de la tante Rachele, et je courus tellement pour la revoir plus vite que j'arrivais tout essoufflé dans la rue où elle demeurait. Elle était à travailler devant la porte, et leva les mains au ciel lorsqu'elle m'aperçut.

– Jésus Maria ! c'est le petit, et Napoli ?

Elle écouta en sanglotant la triste histoire du père, puis m'installa chez elle aussi bien que possible.

Comme je ne savais pas à quoi m'occuper et que je m'ennuyais sans rien faire, je m'amusai quelquefois en dessinant au charbon de beaux palais sur les murs de la maison. Je pensais toujours que je t'en construirais plus tard un pareil.

Un jour, un monsieur étranger passa dans notre rue, il me vit à l'œuvre et s'arrêta.

– Tu as du talent, mon garçon, me dit-il : si tu as de l'énergie, tu peux te faire un état de ce jeu.

– Est-ce qu'on y gagne de l'argent dans cet état ? lui dis-je.

– Pourquoi ?

Alors je lui racontai notre histoire, il se mit à rire.

– Oui, oui, je te promets que si tu l'encourages tu auras assez d'argent pour épouser ta petite fiancée suisse, viens seulement avec moi.

Sa prédiction s'était accomplie, Marthe, je suis architecte ; j'ai beaucoup de pratiques et me trouve assez riche pour oser te proposer de devenir ma femme. J'ai six semaines de vacances, il faut qu'avant la fin de ce temps-là nous soyons mariés : ma petite Marthe, le veux-tu ?

Elle ne répondit que par un sourire et une pression de mains, trop heureuse et trop émue pour s'exprimer autrement.

L'ombre s'étendait graduellement autour d'eux, peu à peu le lac avait perdu ses teintes vermeilles ; les cimes des Alpes, naguère étincelantes, étaient devenues mornes et pâles ; seul, là-bas, dans le ciel, un nuage d'or s'enfuyait vers l'infini, et il semblait à la jeune fille que ce nuage l'emportait avec Lilio au pays du bonheur et de l'amour.

Mai 1881.

LES DEUX AUMÔNES

C'était en janvier 1871. L'unique rue du hameau de N*** où nous conduit cette histoire se trouvait déserte ou à peu près ; une bise glacée durcissait la neige tombée la veille. Derrière les fenêtres bien closes, et dont le bas était soigneusement couvert de mousse pour interdire l'entrée à la moindre parcelle d'air extérieur, apparaissait de temps à autre une figure au type rustique. Tantôt c'était un gros paysan qui, la pipe à la bouche et les mains dans les poches, jetait un regard indifférent sur la surface blanche du dehors, ou bien le minois rose d'un enfant, et parfois le profil plus grave de l'aïeule qui profitait des dernières lueurs de la journée pour ajouter quelques mailles à son tricot.

Devant la porte d'une misérable chaumière, un petit garçon d'une dizaine d'années s'efforçait de réduire en bûches quelques racines noueuses. Malgré les grands coups qu'il donnait de sa hache émoussée, son travail n'avançait guère. De temps en temps, l'enfant suspendait sa tâche et essayait de réchauffer un peu, en soufflant dessus, ses mains bleuies, couvertes d'engelures ; il n'y réussissait pas non plus ; enfin, découragé, il jeta sa hache sur le sol, et essuya d'un geste impatient quelques larmes qui se gelaient sur le bord de ses paupières.

– « Gusti ! » cria une voix depuis l'intérieur de la chaumière.

Le petit garçon ramassa à la hâte son outil et le peu de bûchilles qu'il était parvenu à détacher des racines, et franchit le seuil de la porte.

Dans une chambre basse où le jour avait peine à entrer se tenait une grande femme pâle aux traits émaciés par les privations et la maladie. C'était Annette Brünner, la mère de Gusti, comme on l'appelait, parce que l'on trouvait son vrai nom, Gustave, trop long à prononcer. Près du foyer, deux fillettes de quatre à cinq ans soufflaient sur quelques brindilles de bois humide qui au lieu de brûler leur renvoyaient une âcre fumée au visage.

La petite salle était proprement rangée, mais témoignait d'un dénuement profond. Le plancher, rongé par l'humidité, cédait sous le pied en plusieurs endroits. Les deux ou trois ustensiles de ménage, suspendus à la paroi, étaient ébréchés et bosselés par un long usage. Les vêtements d'Annette et de ses enfants avaient été soigneusement raccommodés en maints endroits, mais on n'aurait pu distinguer leur couleur primitive, disparue depuis longtemps dans les nombreux savonnages que la veuve leur avait fait subir.

La cadette de ses enfants ne comptait pas deux mois, lorsque le mari de la pauvre femme était mort après une longue maladie ; à vrai dire, cela ne fut pas une grande perte pour elle. Antoine Brünner était dur et buvait facilement. Comme tous ceux qui sont incapables du moindre sacrifice pour les autres, il voulait qu'on en fit beaucoup pour lui. Gusti avait eu bien à souffrir de cela : tout petit encore, si – durant la nuit – il avait eu le malheur de réveiller son père par un de ces accès de pleurs comme en ont tous les jeunes enfants, il en était rudement châtié malgré l'intercession de la mère qui partageait les coups avec lui.

C'est ainsi qu'Annette avait vu son mari devenir un épouvantail pour son fils. De plus, les mauvais traitements influaient sur l'intelligence du pauvret en même temps que sur son développement physique. Il ne grandissait pas, sa taille se voûtait. Ce fut alors qu'Antoine tomba malade et ressentit les premières atteintes d'une phtisie qui devait l'emporter. Les premiers temps, sa brutalité s'en accrut, et Gusti ainsi que sa sœur, un bébé qui marchait à peine, eut de rudes jours à traverser. Mais peu à peu, le mal terrassa complètement sa victime. Incapable de rien faire par lui-même, Antoine devint plus doux, plus traitable, et grâce aussi aux fréquentes visites du pasteur de la paroisse, il finit par s'amender si bien que ce fut avec une véritable douleur que sa femme et même Gusti virent arriver le moment de la séparation.

Sous l'influence exclusive de sa mère, la santé de l'enfant finit par prendre le dessus. Sa taille se redressa, son visage redevint gai, mais il conserva toujours en souvenir de la première enfance un air fluet et une apparence extrêmement frêle. Il faut dire aussi que sa nourriture et son régime n'étaient pas de nature à le soutenir beaucoup. Annette se trouva sans aucune ressource après la mort de son mari. Elle eût pu recourir à la charité de quelques bonnes âmes du village, mais elle était fière et ne voulait rien demander. Elle travailla de son mieux, s'employant à toutes sortes d'ouvrages, ne se laissant rebuter par rien. Suivant les circonstances, elle se fit moissonneuse, faneuse, vendangeuse, garde-malade, tricoteuse, journalière ; mais elle avait trois enfants à entretenir, le loyer à payer et bien d'autres choses avec.

La pauvre famille ne mourut pas de faim et encore !... Souvent pendant l'hiver, la huche se trouvait vide. La veuve n'avait pas eu de journées et les trois petits ne recevaient pour leur souper qu'un peu de café noir bien clair et bien mauvais. Le soir, quand ils étaient couchés, la mère pleurait, sans se désespérer cependant : elle se souvenait que Dieu l'avait toujours aidée jusqu'alors ; et en effet, le lendemain, le secours arrivait sous une forme ou sous une autre.

Puis des jours plus mauvais encore se levèrent. Un matin, Annette avait senti tout à coup un grand étourdissement se faire dans sa tête, puis elle était tombée sans connaissance. Les villageois sont bons au moment du malheur, mais il ne faut pas que les heures d'adversité se prolongent trop. La veuve fut d'abord abondamment secourue, mais comme son état précaire se continuait sans amélioration apparente, les soins, les visites et les dons devinrent plus rares ; et la malade, bien que toujours faible et lasse à en mourir, dut rassembler toute sa volonté pour se lever une fois dans la journée, afin de vaquer aux soins les plus indispensables du ménage. Elle espérait ainsi qu'à force d'énergie, le mal finirait par être vaincu, mieux que par les remèdes que la pauvre femme ne pouvait pas renouveler.

Annette eût pu aller à l'hôpital ; sa commune lui offrait de recueillir ses enfants, mais elle refusa absolument. Quelques riches paysannes la blâmèrent ; elles ignoraient la cause de cette résolution. Le pasteur du village en eut seul connaissance et il admira la veuve, car, si elle avait décliné la proposition de sa commune d'origine, c'est que c'était une commune catholique. Les trois enfants eussent été sans doute bien soignés et bien placés, mieux qu'ils ne pouvaient l'être chez eux, mais c'eût été dans des instituts catholiques, et Annette Brünner tenait à sa religion plus qu'à tout autre avantage extérieur.

Contre l'attente générale, la maladie céda, et la pauvre mère se remit au travail avec plus d'obstination et de volonté que jamais. Gusti commençait à lui aider un peu, mais sa bonne volonté était plus grande que sa force et malgré tout son désir, il ne faisait pas grande avance.

À quelques pas de la masure habitée par les Brünner s'élevait une belle grande ferme. Une armée de poules picoraient dans la cour où suivant l'usage des campagnes s'étalait un magnifique fumier, le plus beau qu'on pût voir à dix lieues à la ronde. Aussi faisait-il l'orgueil de Pierre-Henri Constant, son propriétaire.

Dans les bonnes années de fourrage, quand la grange ne pouvait pas contenir le foin et le regain que ses champs produisaient, le père Constant élevait à l'autre bout de la cour une meule colossale ; c'était la gloire du brave homme. Il mettait tous ses soins à l'élever lui-même, de façon à ce que l'humidité ne pénétrât pas à l'intérieur. Il cherchait à lui donner une forme élégante. Aussi, quand il arrivait des visiteurs à la ferme, on ne leur faisait pas grâce de ce chef-d'œuvre ; il fallait qu'ils l'admirassent sous toutes ses formes, et quand venait le moment de l'abattre pour le donner au bétail, ce n'était pas sans un vif serrement de cœur que Pierre-Henri Constant tranchait la tête de son édifice. Mais jusque là, malheur à qui eût osé y toucher, ne fût-ce que du petit doigt ! Un jour, des gamins du village imaginèrent de grimper sur la meule et de se laisser glisser en bas. Le jeu était divertissant ; après la première fois, ils recommencèrent une seconde, puis une troisième. Le paysan se trouvait dans l'écurie, occupé à retourner la paille de ses vaches. À l'ouïe d'un vacarme inusité, il leva la tête et demeura un instant la bouche béante d'indignation et de stupéfaction. Quatre vauriens s'agitaient sur sa meule ; tout autour, au-dessus du sol, volaient des poignées de foin. La pointe du monument penchait pitoyablement à droite, tandis qu'une fente menaçante s'entrouvrait à sa base. Pierre-Henri s'élança dehors, sa fourche à la main ; on eût dit Neptune, armé de son trident et, certes, l'apparition du dieu n'eût pas produit une plus grande sensation. Les quatre délinquants se dévalèrent avec une telle rapidité en bas de la meule qu'ils rompirent le peu d'équilibre qu'elle conservait, et elle s'affaissa. Heureusement pour les mauvais garnements qu'elle protégea leur fuite en tombant dans le sens opposé à eux, c'est-à-dire sur le paysan qui brandissait son arme en jurant, et tout prêt à embrocher les sacrilèges.

À la suite de cette aventure, Pierre-Henri resta sombre pendant quinze jours. On ne savait plus par quel bout le prendre. Auparavant, quand sa femme, Madame Élise, une superbe paysanne à la fière allure, voulait obtenir quelque chose de lui, soit un objet de toilette soit un objet de ménage : « Tout de même, Pierre-Henri, il n'y en a pas deux comme toi pour arranger une meule, commençait-elle d'un ton amical ; je l'ai encore entendu dire aujourd'hui ». Le paysan se frottait béatement les mains ; il tâchait de déguiser sa joie, et d'une voix qu'il essayait de rendre calme : « Eh ! bien, qu'est-ce qu'on en racontait de ma meule ? »

Il fallait entendre la façon dont il prononçait ce « ma meule ! » L'orgueil et la vanité s'y mêlaient au défi. Il aurait bien voulu voir qui aurait pu s'en élever une semblable. Élise se taisait habilement ; Pierre-Henri piétinait d'impatience ; il brûlait de savoir qui avait parlé de sa marotte et le jugement qu'on avait porté sur elle ; puis comme sa femme ne sortait pas de son mutisme : « alors, tu ne connaissais pas ces gens ? » La paysanne levait innocemment les yeux : « Quelles gens ? » Son mari jurait un peu : « Mais enfin, as-tu déjà oublié ce dont tu me parlais tout à l'heure ? » – « Ah ! à cause de la meule ? c'est vrai. Eh ! bien, il y avait le jardinier du château et le charron : Nom d'un nom, qu'ils se sont écriés, faut s'appeler Pierre-Henri Constant pour bâtir une pareille meule. On dirait une des tours de la Collégiale de Neuchâtel ».

Le paysan ne se sentait plus de joie. Il frottait ses mains sur ses genoux en poussant de petits grognements qu'on eût pris pour le ron-ron de satisfaction d'un chat que l'on flatte. Madame Élise était sûre alors d'obtenir ce qu'elle désirait ; son mari se trouvait prêt à toutes les concessions, et pour le récompenser, sa femme daignait lui répéter deux ou trois fois dans la soirée les paroles du jardinier et du charron, paroles dont maître Constant ne se lassait jamais, et qu'il entendait rappeler toujours avec un nouveau plaisir.

C'était aussi un fin compère que Pierre-Henri : l'œil vif, le visage plein avec un long nez spirituel et une bouche bonasse, d'une corpulence qu'augmentait encore ses habits de milaine où l'étoffe n'avait pas été épargnée. Il fallait le voir se rendre à l'Église le dimanche ; il n'y en avait que pour lui. Élise, fièrement drapée dans sa mante de drap gris, un beau bonnet garni de fleurs sur ses cheveux tirés en arrière et si bien pommadés qu'on pouvait s'y mirer comme dans une glace, se rengorgeait fièrement à ses côtés. Entre eux deux trottait leur petit Ami, un garçonnet de l'âge de Gustave Brünner, et qui était déjà tout le portrait du père Constant.

Revenons au moment où nous avons laissé Gusti rentrant dans son pauvre logis. La veuve sourit en voyant les quelques bûchilles que l'enfant avait réussi à faire : « C'est toujours autant, mon garçon ; on commence par être apprenti, puis l'on devient maître ensuite ». Le petit rougit de plaisir ; il alluma un peu de feu pour faire cuire le café, puis se chauffa en silence près du foyer, tandis que les deux fillettes jasaient ensemble. Leur mère prépara les quatre vieilles tasses sans anse et déjà bien des fois raccommodées dont elle se servait toujours, et versa à chacun sa part de café.

« Je n'ai point de lait ce soir, petiote, il faut s'en passer », dit-elle tristement en coupant à tous une tranche de pain. La cadette des enfants se mit à pleurer silencieusement. Le pain était dur et moisi ; il datait déjà de bien longtemps. « Ils en mangent moins, lorsqu'il est ainsi ! murmurait tristement la veuve. S'ils en demandaient davantage, je ne pourrais pas leur en donner ».

Gusti devint tout rouge ; il voyait que les larmes de sa petite sœur affligeaient sa mère. Il partagea soigneusement sa portion en deux ; dans le milieu se trouvaient quelques bribes de mie, un peu moins mauvaises que le reste. Il les passa à la pauvrette : « Tiens, Estelle, c'est très bon, cela ; trempe seulement ces morceaux dans ton café, tu verras ». Estelle se calma et mangea avec appétit, tandis que son frère s'efforçait d'avaler la croûte dure et moisie.

Lorsqu'il eut fini, il se glissa dehors, le cœur un peu gros, sans bien savoir pourquoi. N'était-il pas habitué à ces repas-là, au café trop clair, au pain trop vieux ?

Devant la porte de Pierre-Henri Constant, Ami, campé sous une lanterne, bien enveloppé dans ses gros habits d'hiver, achevait son goûter en plein air ; deux énormes pommes de terre, bien grillées, bien appétissantes, guignaient à l'ouverture de ses poches trop étroites pour les contenir. Dans ses petites mains potelées, il tenait un immense morceau de gâteau qu'il attaquait vaillamment de ses dents blanches. L'heureux enfant jeta un regard de dédain sur Gusti qui le contemplait avec envie : « Qué ! vous n'avez pas de si bonnes choses chez vous ». Gusti murmura tout bas un petit non, bien timide. Ami reprit en se rengorgeant : « C'est qu'il est riche, mon pa-pa. Il a de l'argent tout plein dans le grand tiroir de la commode ; il le met dans un vieux bas et ferme tout à clé, pour qu'on ne le lui vole pas. Avez-vous aussi un tiroir pour mettre l'argent chez vous ? »

Le petit Brünner baissait tristement la tête et ne savait que répondre. Il lui ré-pugnait de dire qu'ils auraient peut-être bien trouvé un tiroir chez eux pour y mettre de l'argent, mais que c'était justement cette dernière chose qui manquait. Puis il avait encore bien faim et la vue des provisions de son compagnon excitait son appétit. Il ne voulait cependant rien demander ; le fier caractère de sa mère avait tout entier passé en lui. Il s'éloigna donc et fit quelques pas sur la route.

Soudain, une voix le héla : c'était celle d'une vieille demoiselle qui demeurait toute seule dans une jolie maison au bout de hameau : « Hé ! Gustave, saurais-tu ba-layer la neige ? » – « Je crois qu'oui, Mademoiselle ; en tous cas, je me donnerais bien de la peine pour le faire ». – « Alors, mon petit ami, tous les sentiers de mon jardin en sont couverts. Je ne puis plus m'y promener : viens tous les matins en enlever un peu ! Je te donnerai quelque chose pour te récompenser, et comme tu es un brave garçon, voilà déjà une avance de vingt centimes ».

Qui fut tout fier et tout joyeux ? – Ce fut Gusti ! Il revint en courant au logis et rentra en chantant. Annette qui tricotait activement à la maigre lueur du foyer releva la tête tout étonnée de ce bruit inusité. « Mère, mère, vois-tu ? » et son fils ouvrant toute grande sa menotte rouge lui présenta triomphalement la pièce qu'il avait reçue : « C'est pour toi, Maman, je te le donne, et on m'en a promis d'autres, pense un peu ! » Comme il était doux, ce premier argent ! Plus tard, il arriva souvent à Gusti de gagner des sommes bien plus fortes, mais nulle ne lui causa plus la légitime fierté et la joie profonde de l'humble pièce de quatre sous.

Annette écouta les explications de son enfant, puis l'attirant contre elle, elle le baisa et lui dit : « Merci, petiot, mais je ne veux pas te prendre cet argent et le dépen-ser pour nous. Je te le garderai jusqu'à ce que tu en aies besoin pour quelque chose ».

Gusti était devenu pensif : « Mère ! »

« Quoi donc ? »

« Je sais bien ce que j'en voudrais faire ».

« Dis-le ! »

Le garçon hésitait : « Tu ne me gronderas pas, mère, mais vois-tu, j'aimerais que nous eussions un soir, rien qu'une fois, un souper comme Ami de chez Pierre-Henri Constant. Cela ferait si plaisir à Estelle, à Augusta, et à toi et à moi aussi ».

– « Qu'est-ce qu'ils avaient donc chez le père Constant ? » – « Ami mangeait deux grosses pommes de terre bien chaudes et un *puissant* morceau de gâteau. Avec un peu de lait dans le café et une tranche de pain frais, cela serait si bon pour un soir ! Est-ce que tu voudras, dis ? »

La mère soupira ; il y avait bien des choses plus pressantes à se procurer avant ce luxe auquel pensait son garçon, mais elle réfléchit que de manger une fois à leur saoul ne ferait pas de mal aux enfants, et qu'il fallait bien organiser une petite fête avec le premier argent gagné par Gusti. Celui-ci vit dans son regard qu'elle consentait et, tout joyeux, il s'assit sur le foyer entre les deux fillettes et leur décrivit en détail ce festin de roi qu'elles lui dévoraient. Augusta et Estelle battaient des mains de joie en savourant déjà d'avance les bonnes choses que le grand frère leur promettait.

Les jours se passaient. Gusti avait déjà gagné quatre francs. Le jour du souper avait été fixé au surlendemain, et c'était avec une joie sans mélange que les trois enfants voyaient ce beau moment approcher.

On traversait alors cette époque douloureuse qui est restée si profondément et si tristement gravée dans les cœurs où la Suisse, saisie de compassion devant la France vaincue, recueillait ses malheureux fils. Les Bourbakis, comme on les appelait, commençaient à passer en longues files, tristes et mornes, mourant de faim, avec leurs grands chevaux efflanqués qui parfois s'abattaient tout à coup et ne se relevaient plus. Leur maître, exténué, devait continuer sa route à pied sous peine de partager le sort de la pauvre bête.

Oh ! qui dira jamais toutes les scènes déchirantes qui se sont produites à la frontière, dans nos montagnes, sur nos routes, sur nos sentiers déserts, au milieu de la neige implacable. Pauvres malheureux Français qui, après avoir été vaincu par les hommes, voyaient encore les éléments se liguer contre eux. Ne devaient-ils pas croire que Dieu les avait abandonnés, lorsque, brisés par la maladie et la souffrance, ils tombaient sur le sol durci, incapables de vaincre l'engourdissement physique qui les envahissait et le découragement profond que leur inspirait la défaite. Les infortunés ! ne valait-il pas mieux mourir que de vivre avec l'image écrasante de la patrie déshonorée et livrée aux étrangers, sans que ses enfants désarmés pussent rien faire pour la sauver. Oh ! combien de pensées terribles la neige n'a-t-elle pas recouvertes en même temps qu'elle ensevelissait les corps sous son linceul glacé !

Lorsqu'arrivèrent les premières troupes, Pierre-Henri Constant dit à sa femme : « Écoute, Élise, c'est le moment de faire quelque chose pour les autres comme Monsieur le Ministre nous l'a commandé dans son dernier sermon, et m'est avis que puisqu'on voit passer tant de ces malheureux qui ont faim, tu feras dès le matin une bonne soupe qui sera tenue tout le jour bien au chaud. On en donnera une grande assiette à tous ceux qui viendront demander un peu de nourriture ». – Ainsi fut fait.

Un jour que le paysan se tenait devant sa porte, les mains dans ses poches, son bonnet de fourrure rabattu jusqu'aux yeux, lançant des torrents de fumée par la grosse pipe de bois qu'il avait à la bouche, un détachement de cavaliers français entra dans le village. Ils allaient à la débandade ; les hommes, les mains rougies par le froid, ne pouvaient plus tenir la bride de leurs chevaux. Les malheureux animaux baissaient tristement la tête, buttant parfois contre les mottes de neige durcie qui roulaient sous leurs pieds. Soudain, l'un d'eux s'abattit juste devant le père Constant, son cavalier roula avec lui ; les autres ne s'arrêtèrent pas : il fallait qu'ils arrivassent le soir même à la ville prochaine où on leur avait promis un asile. Or, il commençait à nuiter et les pauvres gens devaient se hâter pour ne pas se trouver pris par les ténèbres au milieu d'une contrée inconnue.

Pierre-Henri releva l'homme et le cheval ; ils ne s'étaient blessés ni l'un ni l'autre, mais tous deux se trouvaient trop exténués pour reprendre leur marche. « Entrez, dit le paysan à l'inconnu ; c'est l'heure du souper ; il y aura bien de la soupe et du café pour vous. C'est pas, me semble-t-il, l'envie d'un bon repas qui doit vous manquer. Je vais soigner votre bête, pendant que ma femme s'occupera de vous ».

Tout en conduisant l'animal à l'abri, maître Constant l'examinait d'un œil. C'était un beau cheval aux jambes fines, au poil lustré, et qui, bien nourri et bien soigné, devait certainement beaucoup valoir. Le regard du campagnard brillait : « Qui sait ! il y avait peut-être une bonne affaire à conclure. Le tout était de savoir s'y prendre ». Au reste, le commerce ne l'effrayait pas, Pierre-Henri. Toujours prêt à rendre service à ses voisins dans les petites choses de la vie ordinaire, il devenait intraitable sitôt qu'il y avait quelque argent en jeu.

Lorsqu'il rentra dans la salle basse où sa famille se tenait le soir, il vit l'étranger bien établi près de la table, assis devant le poêle et achevant de vider une grande écuelle qu'Élise se tenait prête à remplir de nouveau. Avec sa gaieté gauloise, il racontait déjà de façon plaisante les tristes faits de sa campagne.

Ami, les yeux arrondis par l'admiration, écoutait les récits du soldat. Il n'avait jamais entendu quelqu'un parler si vite et si bien. Quelles choses intéressantes il aurait à raconter à l'école le lendemain !

Son père interrompit le cours de son extase en interpellant l'étranger : « On ne mange pas de la soupe comme cela au régiment, pas vrai ? » – « Ah ! bien oui, de la soupe ! voilà longtemps qu'on n'en sait plus le goût : un pain de munition, de l'eau fraîche et de la neige pour saler le tout, c'est l'ordinaire ». – « Peuh, repartit le paysan, je parie bien que ma femme aurait trouvé le moyen de préparer quelque chose avec cela ; c'est une fière ménagère que ma femme, allez ! elle est adroite comme pas une et ne rechigne jamais à l'ouvrage ».

La paysanne rougissait de plaisir en recevant les éloges de son mari : « Qu'est-ce que tu racontes-là, père Constant ? Monsieur le militaire en va dire de belles sur nous, lorsqu'il retournera dans son pays... » Le paysan riait d'un bon gros rire : « Ta, ta, ta ! faut toujours que tu rabattes quelque chose de mes paroles. Tiens : va à la cave ; il y reste bien encore une bonne bouteille, quelque chose comme du 65, quoi ! une fière année, celle-là ! où les raisins étaient gros comme des noix, sucrés comme du miel et abondants comme des grains de blé. Vous n'y bouderez pas, compagnon... »

Le Français se frottait les mains dans un état de béatitude complète : « Ça me rappelle la ferme de chez nous, en Normandie. C'est là qu'on a du fameux cidre ; il mousse qu'on n'a jamais rien vu de pareil. Si tous nos soldats en avaient eu chaque jour une chopine, on aurait pour sûr battu les Allemands ».

Depuis un long moment, Ami méditait en silence ; il mourait d'envie d'interroger aussi l'étranger, mais le courage lui manquait. Enfin, il se hasarda : « Est-ce qu'ils sont bien laids, les Allemands ? » Le Français prit un air goguenard : « Ma foi, je n'en sais rien ! Nous les avons toujours si bien barbouillés de poudre et de balles que je n'ai jamais pu voir quel type ils avaient, ces petits blondins-là. En tout cas, les Français sont bien plus jolis qu'eux : tu n'as qu'à me regarder pour t'en convaincre ». Et comme l'enfant l'examinait avec la meilleure foi du monde, il se mit à rire aux larmes de sa plaisanterie.

Élise était revenue avec le vin demandé ; elle mit prestement la table du souper. « Je vais vous faire quelque chose de bon, dit-elle au soldat. La soupe, ça ne comptait pas ; qu'est-ce que vous pouvez bien aimer ? des croûtes dorées avec des pommes de terre, de la mélasse et du fromage ? » Les dents blanches de l'étranger s'épanouirent dans un large sourire : « C'est pas de refus, Madame, il y a si longtemps qu'on n'a pas mangé à sa faim ».

Les deux hommes s'attablèrent ; Ami s'assit à sa place ordinaire, sur un petit escabeau. Sa mère les servait tous trois, avalant de temps à autre une bouchée, mais elle était si occupée du bien-être de son hôte que cela lui ôtait l'appétit.

Il y avait certainement quelque chose de touchant dans cette hospitalité rustique et généreuse qui, pour un inconnu ramassé devant la porte, un passant qui, le lendemain, s'éloignerait pour toujours et dont on n'entendrait plus jamais parler, donnait joyeusement ce qu'elle possédait de meilleur.

Pierre-Henri leva son verre à la hauteur de son œil en admirant à part lui la belle couleur d'or du liquide : « C'est à votre santé, l'ami, pour que vous puissiez bientôt rentrer dans votre pays et faire déguerpir les Allemands ». Le Français but quelques gorgées en le remerciant, puis il se leva brusquement : « À la France ! » dit-il d'une voix vibrante, et vidant d'un trait ce qui lui restait de vin, il se rassit.

Après un instant de silence, le paysan reprit la parole : « Dites voir, compagnon, où irez-vous après avoir quitté le village ? » – « Est-ce qu'on sait jamais où l'on va avec un diable de sort comme celui qui nous poursuit, et lorsqu'on n'a pas un liard en poche ? » – « Lorsqu'on n'a pas d'argent, faut s'en procurer », répliqua philosophiquement son interlocuteur ». – « Et comment ? » – « On vent, on achète, on fait du commerce... là, soyons francs : j'ai besoin d'un cheval ; le vôtre me plaît. Voulez-vous me le céder ? »

Le militaire se frottait l'oreille : « Vous vendre mon cheval, c'est bien une idée... il faut me laisser le temps d'y penser... une fois que je n'aurai plus la pauvre bête, ce n'est pas de l'argent qu'elle m'aura procuré qui me portera sur son dos à travers la campagne... On verra ça demain ». Mais Pierre-Henri, une fois en passe de traiter une affaire, en l'arrosant d'une bonne bouteille de vin, ne s'arrêtait pas qu'elle ne fût terminée. Aussi revint-il bientôt à la charge et attaqua-t-il résolument le point brûlant de la question : « Combien m'en demanderiez-vous de votre cheval, à supposer que je voulusse l'acheter ?... » – « Eh ! bien, 350 francs. C'est pas cher, je suppose ? »

Maître Constant eut un éblouissement. C'était au moins 125 francs plus bas que ce qu'il avait pensé. Mais comme le brave paysan eût mieux aimé s'aller pendre dans sa grange que de manquer une seule fois à sa bonne habitude de marchander à tort et à travers, il eut garde de ne pas saisir une si belle occasion : « Ce n'est pas que j'aime causer du dommage aux gens, mon garçon, mais tout de même, vous en pourriez bien rabattre un peu ».

« Allons donc ! un cheval qui a fait la campagne, qui a vu des Allemands, et qui a fini par jeter son maître à terre et par tomber avec, c'est des chicaneries que de vouloir le posséder pour moins. Mon capitaine aurait bien aimé l'avoir pour huit cents francs ; il m'a même offert de troquer avec le sien : pas de danger que j'aie dit oui. Nom d'une pipe ! faut-il que je sois dans la misère pour songer à me défaire du pauvre animal ; lorsqu'on s'est battu ensemble contre l'ennemi, qu'on a eu faim ensemble, qu'on a souffert tant de choses ensemble, on n'est plus simplement un homme et un cheval, on est deux amis ! on se comprend, il y a quelque chose qui vous tient l'un à l'autre. Je lui dois la vie à cette bête-là ! Les montures de mes camarades ne pouvaient plus avancer ; elles se jetaient par terre, s'entêtaient et ne bougeaient plus ; leurs cavaliers n'étaient plus capables de marcher, on était obligé de les laisser dans la neige. Mais Mousquetaire (c'est comme cela qu'il s'appelle, mon cheval) a toujours continué jusqu'à aujourd'hui, et s'il est tombé devant votre porte, c'est exprès, ma parole ! il savait bien ce qu'il faisait. Vous voyez bien que ce n'est pas une bête qu'on puisse vendre pour rien : elle n'eût pas trouvé sa pareille dans tout le régiment. Jusqu'à hier, elle ne m'a pas trouvé sa pareille dans tout le régiment. Jusqu'à hier, elle ne m'a pas porté seul. Il y avait un camarade qui n'avait plus la force de se trainer ; alors, je l'ai pris en croupe ; on n'eût pas dit que le cheval y sentait quelque chose ».

Pierre-Henri se rengorgea intérieurement. Le jugement qu'il avait porté sur la monture du soldat était bien juste ; aussi se jura-t-il à lui-même que celui-ci ne quitterait pas le village sans la lui avoir laissée. « Vous comprenez, l'ami, reprit-il sur un ton indifférent, que ce n'est pas que j'y tienne beaucoup, à votre cheval. J'en trouverais facilement un autre qui m'irait la même chose. C'était seulement affaire de vous obliger. Du bon argent bien sonnant dans la poche vaut pourtant mieux qu'une bête qui d'un instant à l'autre peut vous crever entre les mains sans rapporter aucun profit ».

Le Français haussa les épaules : « Baste ! elle n'en est pas encore là. Il y a plus de ressort chez les animaux que chez les hommes. Après s'être bien restaurée chez vous ce soir, elle aura ainsi que moi la force d'aller encore un bon bout de chemin ». – « Vous avez tort, je ne vous dis que cela. Une fois que les chevaux commencent à tomber, c'est un signe qu'ils n'ont plus le pied solide et qu'ils ne sont plus sûrs à monter. C'est ce qui m'empêche d'accepter votre prix. Je n'aime pas lésiner, moi ! Je paye ce qu'il faut, mais l'argent est rare ; et c'est bien par amitié pour vous que je vous offrais ce marché ».

« Mais quel prix me donneriez-vous alors ? » – « 300 francs ». – « Oh ! pour cela non. Pour cette somme, je ne lâche rien. Si je veux vendre mon cheval, j'en tirerai bien 600 francs à la ville. N'en parlons plus ! tout bien réfléchi, j'aime mieux garder mon brave Mousquetaire ».

Pierre-Henri vit qu'il faisait fausse route et que l'objet de son envie allait lui échapper. Il se rapprocha de son hôte : « Là, là ! ne le prenez pas de la sorte. J'ai comme ça dit : 300 francs, mais on peut monter un peu. Quand on voit un brave jeune homme comme vous être dans le malheur, on aimerait lui venir en aide d'une façon ou d'une autre. Tenez ! il faut partager l'affaire : j'offre 325 francs ; êtes-vous content ? »

Le soldat s'entêtait : « Non, non ! j'en veux 350 ou rien. Quand je pense, un cheval que mon capitaine aurait voulu monter ! Cela serait leur faire injure à tous deux que de vendre Mousquetaire pour si peu. Laissons l'affaire de côté maintenant, puisqu'on ne peut pas s'entendre ». – « Et qui vous dit qu'on ne puisse pas s'entendre ? » reprit Pierre-André, excité par ces obstacles à son projet. « J'ai dit 325. Eh bien ! je mets quinze francs de plus, est-ce dit ? » – « Non ». – « 345 ? » – « Non ».

Pierre-André se grattait anxieusement la tête. Il voulait le cheval et certainement il l'aurait, mais il voulait aussi rabattre un peu du prix. Quelle honte pour lui ! et l'on allait dire dans le village qu'il avait dû en passer par la volonté d'un pauvre Bourbaki. Il reprit : « Écoutez donc ! l'ami. Vrai, je suis trop bon, mais je vous souhaite du bien. Voilà ma dernière offre... vous pouvez bien faire quelque chose pour moi, *qué oui !* hé bien, je donne 349 francs cinquante centimes : ça vous va-t-il ? »

L'étranger se mit à rire ! « Enfin, puisque vous y tenez tant, ce sera pour l'avoine que vous y aurez donnée à mon cheval.

Ah ! si je n'étais pas si pauvre » et il passa furtivement sa manche sur ses yeux. Le paysan jubilait : il avait du même coup fait une bonne action, une magnifique affaire et gagné cinquante centimes.

*
* *

La petite salle basse qu'habitaient les Brünner avait ce même soir un air de fête. Un grand feu brûlait sur le foyer et une odeur appétissante s'élevait de la grosse marmite suspendue au-dessus de la flamme.

Les quatre francs de Gusti avaient fait merveille. Sur la table s'étalaient un beau gâteau bien chaud et bien doré, et un grand pot plein de café au lait, onctueux et tout bouillant. La veuve, une grande fourchette à la main, s'apprêtait à retirer de la marmite les grosses pommes de terre rondes et soigneusement grillées. Gusti et ses sœurs, le visage rayonnant de joie, regardaient faire leur mère, et en ce moment-là, ils n'eussent voulu échanger leur sort contre celui de personne. Le garçonnet surtout était radieux ; de temps en temps, il embrassait les fillettes : « C'est moi qui vous donne cela ; êtes-vous contentes ? » et elles lui rendaient ses baisers.

Quand tout fut prêt, il installa sa mère sur une chaise, les deux petites sur leurs escabeaux boiteux et oublia de manger pour les regarder. Annette avait été servie par lui, mais elle aussi ne pensait pas à rien avaler, absorbée qu'elle était par la joie d'Estelle et d'Augusta.

Soudain, une grande rumeur s'éleva à l'entrée du village ; toute une troupe de Français y débouchait. Elle s'arrêta sur la place principale ; hommes et bêtes étaient incapables d'aller plus loin. Vaincus par la fatigue, la faim et le froid, les uns se laissèrent tomber sur le sol glacé ; les autres s'appuyaient, le front hâve, les yeux mornes, contre les murs des maisons. Les chevaux poussaient par intervalles de sourds hennissements et léchaient la neige, espérant y trouver quelques brins de paille égarés.

« Je vais aller voir, Mère ! cria Gusti ; ce sont de nouveau de ces pauvres gens qui viennent de France ». Annette le rappela : « Bois ton lait avant et cache tes pommes de terre dans ta poche », dit-elle en lui mettant dans les mains le quart du gâteau. Le garçonnet vida sa tasse d'un coup et s'élança dehors, non sans se dire avec un légitime orgueil que dans ce moment, il avait de quoi souper tout aussi bien qu'Ami Constant.

Les gens du hameau s'étaient assemblés auprès des malheureux, apportant qui, un morceau de salé, qui, quelques livres de pain, qui, une bouteille de vin. Plusieurs offraient leur grange pour abriter les infortunés pendant cette nuit glacée. Les feux de quelques lanternes éclairaient seuls cette scène et donnaient des reflets rouges aux figures tristes et aux uniformes humides et déchirés des arrivants. Quelques-uns qui avaient voulu quitter leurs chevaux ne pouvaient plus se tenir debout, leurs pieds étaient gelés.

Gusti avisa un pauvre soldat qui se tenait dans l'ombre, à demi couché. Il paraissait extrêmement maigre et fermait à moitié les yeux comme s'il n'eût pas pu les tenir ouverts : « Pourquoi est-ce que vous restez comme cela dans l'ombre ? lui dit-il. Personne ne vous verra ici ». Le pauvre homme tressaillit : « Je dormais déjà. Je n'ai plus la force de rien faire, pas même celle de penser ; j'ai si froid, j'ai si faim ! »

Gusti mit la main dans sa poche où se faisait sentir une douce chaleur, et en tira ses deux grosses pommes de terre : « Tenez ! Monsieur, mangez vite ; pour sûr, ça veut vous faire du bien. Voici aussi mon morceau de gâteau, si vous l'acceptez ; seulement, j'ai déjà mordu dedans : ça ne vous fait rien ?... »

Oh ! non, cela ne faisait rien, et le malheureux avec un appétit de sauvage dévora le souper de Gusti. « Maintenant, reprit le jeune garçon, lorsque l'inconnu eut fini, il faut venir vous chauffer chez nous ; la mère ne grondera pas ».

Annette se tenait justement sur le seuil de sa porte qu'elle avait soigneusement refermée derrière elle. De loin, la veuve aperçut son fils s'approcher avec le militaire ; l'idée ne lui vint pas de récriminer : « Heureusement qu'il y a un peu de bois de reste et que je n'ai pas encore touché à mon souper », pensa-t-elle. Elle fit entrer l'étranger et le soigna si bien qu'elle put. Lorsqu'elle voulut le faire manger, il refusa : « Merci !

je n'ai plus faim ; maintenant, cela a passé. Votre petit garçon m'a donné quelque chose ». Annette regarda son fils. Gusti était tout rouge, et cherchait à se cacher. Sa mère l'embrassa, malgré qu'il s'en défendît. Le soldat le prit sur ses genoux, tandis que de sa main droite, il caressait les têtes blondes des deux fillettes qui le regardaient toutes ébahies : « J'en ai trois comme cela à la maison, disait-il à son hôtesse, et une bonne femme comme vous. Je ne les reverrai peut-être jamais ; ils sont si loin de moi, et je ne sais pas où nous allons. On ne trouvera pas toujours de braves gens comme vous. Vous... Oh ! comme c'est affreux, la guerre ».

Annette l'encouragea de son mieux et fit si bien qu'à la fin de la soirée, le pauvre homme était tout guilleret et voyait tout en rose. La veuve se leva : « Venez maintenant avec moi : la voisine a un petit fenil bien chaud ; elle ne refusera pas de vous loger. Ici, vous seriez trop mal : nous ne possédons ni foin ni paille ».

Lorsqu'elle revint, après avoir installé le Français dans le foin parfumé que la chaleur de l'écurie y attenante rendait tout à fait confortable, Annette trouva Estelle et Augusta endormies, tandis que Gusti rêvait solitaire auprès du feu qui s'éteignait. La veuve alla à l'armoire où était serrée la part de son repas auquel elle n'avait pas touché : « Viens ! Gusti, il te faut pourtant en manger un peu de ce bon goûter que tu nous a donné ». Mais l'enfant secoua la tête : « Non, non ! Mère, je n'en ai plus envie ». Et avisant le sac du soldat que celui-ci avait oublié sur une chaise, il le déboucla, tandis que sa mère y glissait en souriant la nourriture dont elle eût cependant eu grand besoin pour elle-même, car elle ne possédait plus d'argent. La huche était vide, et sa dernière bûche de bois avait été consumée pour réchauffer le pauvre Français.

LÉGENDE

Diane de Kerdrec

L'on voit encore en Bretagne, non loin de Vannes, quelques ruines à demi voilées par un épais rideau de lierre. De petits oiseaux ont fait leur nid dans les trous des vieilles pierres, et le rossignol vient pendant la nuit égrener les perles de ses chants sur les vieux créneaux branlants au souffle de la brise.

Ce sont là les derniers restes d'un superbe manoir qui – il y a bientôt huit cents ans – s'élevait en ce lieu et appartenait au comte Jehan de Kerdrec. Pendant longtemps, Jehan avait vécu seul dans la demeure de ses ancêtres, mais un jour, après une absence de quelques semaines, il revint accompagné d'une jeune étrangère qu'il présenta à ses vassaux comme la comtesse Diane de Kerdrec, son épouse et leur maîtresse.

Diane de Kerdrec paraissait avoir au plus vingt-deux ans. Elle était grande et svelte ; ses cheveux bruns d'une teinte particulière prenaient des reflets cuivrés, lorsqu'un rayon de soleil glissait sur leurs ondes. Des yeux gris clairs, graves et songeurs, éclairaient un visage aux traits réguliers. Une énergie extraordinaire se lisait sur sa bouche aux lèvres fines et souvent serrées sous l'influence de quelque pensée secrète, et la seule chose qu'on eût pu reprocher à cette belle figure, eût été sa froideur, si un doux sourire ne fût venu l'animer souvent et lui donner un charme irrésistible.

Nul ne connaissait l'histoire de Diane ! Un jeune seigneur que le comte avait hébergé pendant une nuit ayant hasardé quelque chose sur ce sujet, la châtelaine avait hautainement répondu en lançant sur l'indiscret un regard qui le glaça : « Messire, je me nomme aujourd'hui Diane de Kerdrec : cela doit vous suffire ». Depuis lors, nul n'avait osé s'enquérir de l'histoire de la comtesse, et ses paysans la voyant passer dans le lointain avaient pris l'habitude de la considérer comme un être surnaturel. Et lorsque la jeune femme adressait quelque bonne parole à ces pauvres gens ou embrassait un enfant qui jouait avec la poussière du chemin, ceux-ci, touchés de sa condescendance, lui demandaient la faveur de baiser le bord de ses vêtements. Ils se seraient tous jetés au feu pour elle : « Notre Dame, disaient-ils, pose bien ses pieds sur la terre, mais sa tête est dans le ciel ; on voit bien cela dans ses yeux, lorsqu'elle nous parle ».

C'est ainsi que Diane vivait heureuse à Kerdrec, absorbée par l'affection qu'elle portait à son mari et ne prêtant qu'une oreille distraite aux formidables bruits de guerre qui s'élevaient à l'horizon.

Un soir, elle était seule, assise vers la fenêtre. La nuit commençait à venir, et la comtesse n'y voyant plus assez avait laissé glisser sur ses genoux l'ouvrage qu'elle venait d'achever. C'était une écharpe couleur d'azur, brodée aux armes des Kerdrec et qu'elle comptait offrir le soir même à Jehan. Tout heureuse du plaisir qu'elle allait causer à son époux, Diane attendait avec impatience son retour. Que pouvait-il faire si longtemps dehors ? d'ordinaire il rentrait plus tôt, et la jeune femme s'inquiétait de ne pas le voir, imaginant mille terribles aventures.

Une petite suivante, la favorite de la comtesse, entra dans la salle et vint s'asseoir près de sa maîtresse ; elle était jolie et mignonne, mais ses yeux étaient remplis de pleurs malgré toute la peine qu'elle prenait pour avoir l'air gai et refouler ses larmes. Elle saisit l'ouvrage de la châtelaine et essaya une phrase pour témoigner son admiration, mais au beau milieu elle s'arrêta et éclata en sanglots. Diane s'était brusquement retournée : « Qu'est-ce donc ? Odette », demanda-t-elle, et sa main passait doucement sur la tête inclinée de la jeune fille. — « Vous ne savez donc rien ? » dit celle-ci. — « Que voudrais-tu que je sache ? » — La suivante releva un peu le front et répondit au milieu de ses larmes : « Yvon part pour la croisade ! » — La comtesse était devenue très grave : « Il part tout seul ? » — Odette ne répondit pas. Un pas d'homme retentit à la porte ; elle se glissa dehors.

C'était le comte. Contrairement à son habitude, il était triste ; ce fut d'un air sombre qu'il embrassa Diane étonnée et agitée d'un sinistre pressentiment. Puis il l'attira vers la croisée et aux dernières lueurs du crépuscule, la regardant bien en face, il lui dit : « Nous devons nous quitter bientôt ; j'ai pris la croix et vais partir pour la Terre Sainte ».

Il n'était pas dans le caractère de la comtesse de montrer ses impressions ; aussi supporta-t-elle presque sans changer de visage la terrible nouvelle et demanda simplement : « Qu'appelez-vous bientôt ? » — « Trois jours, dit le chevalier. Je n'ai pas voulu vous affliger plus tôt de cette décision qu'il ne m'appartenait pas de prendre ou de repousser. Diane ! vous resterez ici souveraine maîtresse et pour protection, si vous en avez besoin, je vous abandonne mes deux plus fidèles serviteurs, Messires Ogier, le Sénéchal, et Raoul, le Grand-Veneur ».

Diane avait tristement secoué la tête : « N'ai souci d'autre protection que de la vôtre, Jehan, et saurai bien me défendre seule, si danger il y a ». — Le comte souriait : « Je connais bien votre intrépidité, mais nul ne sait l'avenir, et peut-être aurez-vous occurrence de recourir à ces braves. Je ne prends avec moi que cinquante cavaliers ; le reste demeure pour vous servir ».

Pendant les trois jours qui suivirent, Diane ne quitta pas son époux, désireuse de profiter des dernières lueurs de sa présence. Le jour fatal fut bientôt là. De grand matin, les guerriers désignés pour la suite du comte vinrent sonner du cor sous les fenêtres du château. Au milieu d'eux se trouvait un jeune page de bonne mine : c'était Yvon, le fiancé d'Odette, et la petite suivante tout en larmes, debout à côté de lui, lui adressait encore ses dernières recommandations.

Un bruyant hurrah ! l'interrompit : le comte venait d'apparaître sur les escaliers du château. Il était armé de toutes pièces et sur son bouclier étincelait en lettres d'or cette fière devise... COMME LE SOLEIL ! Jamais encore un Kerdrec n'y avait failli en fuyant devant l'ennemi. Diane était à côté du croisé, relevant autour d'elle les plis d'une robe de cheval brodée d'argent, et son long voile blanc, retenu par une chaîne de même métal, retombait gracieusement jusqu'à terre : « Je vous accompagnerai à moitié chemin de la prochaine halte, Jehan ! » avait-elle dit.

Yvon amena deux chevaux richement harnachés. Le comte s'élança sur l'un d'eux, fier animal noir comme le jais, et fit le tour de ses vassaux rassemblés là, adressant à chacun quelques bonnes paroles. Quand la triste tournée fut terminée, le chevalier revint vers son épouse déjà installée sur la haquenée qui lui était destinée. Donnant sa main à baiser au sénéchal et au grand-veneur, d'un geste rapide il leur indiqua la comtesse qui caressait le col de neige de son beau cheval. Les deux braves serviteurs ne répondirent rien, mais le regard qu'ils attachèrent sur la noble figure de leur jeune maître en disait plus que des paroles.

« En avant ! Kerdrec, » cria le comte, et la petite troupe s'éloigna au grand galop, accompagnée par les cris d'adieu de ceux qui restaient. Seul, Yvon tarda un instant en écoutant une dernière confidence d'Yvette ; puis, essuyant d'un air impatienté une larme indiscrète qui persistait à briller sur sa joue, chose humiliante pour un croisé, le bel adolescent frappa violemment son cheval et eut bientôt repris sa place derrière son maître qui feignit n'avoir rien remarqué.

L'heure de la séparation arriva bientôt. Jehan et Diane chevauchaient en avant du reste de la troupe. Ils arrêtèrent soudain leurs chevaux : « Adieu ! » fit le comte. — La comtesse ôta de son cou une chaîne d'or à laquelle était suspendue un petit sifflet incrusté de diamants et la passa autour de celui de son époux, lui murmurant en même temps : « Ne vous dessaisissez jamais de ceci, et promettez-moi, si jamais un danger quelconque vous pressait, de souffler trois fois dedans. Si loin que vous puissiez être, ces sons aigus arriveront jusqu'à mon cœur, et je viendrai vous secourir ».

Jehan la regarda étonné : quoi ! plaisantait-elle en un pareil moment ? Mais non ! dans les deux grands yeux rayonnant d'un éclat humide, qu'il rencontra se lisait une parfaite sincérité. Le comte se sentit soudain envahi par une émotion étrange ; il s'inclina vers la comtesse : « Je vous le jure ! » dit-il, et il partit au galop. Sa suite l'imita, et toute la troupe inclinant au passage la bannière des Kerdrec passa comme un tourbillon devant la châtelaine immobile sur son blanc coursier. Bientôt, celle-ci se trouva seule avec son page, un tout jeune homme, et se tournant vers lui, elle lui dit ; « Va m'attendre dans le bois du château ! » Il s'inclina et partit.

Aussi longtemps qu'elle le put, Diane suivit des yeux son époux qui s'éloignait, mais la petite armée eut vite disparu à l'horizon dans les derniers feux du soleil couchant. Alors, cachant son visage dans la blanche crinière de sa haquenée qui tournant un peu sa tête intelligente semblait la regarder avec compassion, la comtesse se laissa tomber dans une profonde rêverie ; et c'était un tableau à la fois étrange et superbe que ce cheval tout baigné de lumière se dressant au milieu de la plaine et paraissant pleurer avec sa maîtresse l'absent qui s'éloignait, tandis que sa grande ombre s'allongeait à perte de vue sur le gazon vert.

*
* *

Deux ans se sont écoulés depuis que Jehan de Kerdrec est parti pour la Terre Sainte. De nombreux messages sont venus rassurer Diane sur le sort de son époux.

Cependant, une vague inquiétude la domine ; lorsque nous la retrouvons un beau soir de printemps, assise près de la fenêtre dans la grande salle du manoir de Kerdrec, ses yeux sont perdus dans le vague.

Au fond de la pièce, Ogier, le sénéchal, est occupé à jouer aux dés avec Raoul, le grand-veneur. Ce sont tous deux des hommes déjà d'un certain âge à l'expression bienveillante. Soudain le regard de Diane devient étrangement fixe ; elle se lève toute droite : « Trois fois, murmure-t-elle, le sifflet a retenti trois fois. Pourvu que je n'arrive pas trop tard ! – Messire Ogier... » Le sénéchal se dresse brusquement, effrayé du ton extraordinaire de sa maîtresse : « Messire Ogier ! répète la châtelaine, rassemblez-moi cinquante hommes dévoués : je pars demain pour la Palestine ».

Le sénéchal est abasourdi. Il veut hasarder une remontrance, Diane ne lui en laisse pas le temps. Elle répète : « Demain aux premiers feux du jour, que tous soient prêts à partir ». Et son regard pénétrant fixé sur les deux vieux serviteurs, elle continue : « Messire Ogier, vous serez mon premier écuyer. Messire Raoul, je vous remets le soin du château et de tous ceux qui en dépendent : montrez-vous digne de ma confiance ! » – Nul n'était capable de résister à la comtesse. Il y avait en elle quelque chose qui imposait silence au plus indiscipliné ; aussi le sénéchal et le grand-veneur sortirent-ils en toute hâte exécuter les ordres étranges de leur maîtresse.

Restée seule, Diane réfléchit un instant ; puis quittant la pièce, elle monte dans la salle d'armes et examine les armures qui s'y trouvent. L'une d'elles, tout en argent, vrai chef-d'œuvre de finesse, attire son attention ; elle paraît avoir appartenu à un homme de petite taille, car petite est la riche épée qui pend à côté ; et le bouclier richement façonné aux armes des Kerdrec semble avoir été tenu par la main d'un enfant. Soudain, tandis que la comtesse plongée dans ses réflexions regarde l'armure, une petite main la tire par sa robe ; elle se retourne : Odette est à genoux, les yeux remplis de larmes : « Très noble dame, laissez-moi partir avec vous, dit-elle, vous aurez besoin d'un cœur fidèle et dévoué ».

La comtesse l'interrompt ; elle veut prendre un air sévère, mais un léger sourire étincelle malgré elle sur son visage : « C'est absolument ton affection pour moi qui te pousse à cette résolution ! Odette », dit-elle. La petite suivante devient très rouge, elle baisse la tête, ses lèvres tremblent. La châtelaine rit tout à fait ; de sa main gauche, elle relève la tête de la jeune fille et la regarde bien en face : « Allons, petite folle ! parle franchement : tu sais bien que je connais ton secret. Je verrai après ce qu'il faut faire ». Odette est de plus en plus confuse, et c'est d'une voix presque inintelligible qu'elle murmure : « Certes, très noble dame, je vous aime beaucoup, mais j'aime aussi beaucoup Yvon, le page de Monseigneur, et puisque vous allez partir rejoindre Monseigneur, permettez-moi de vous suivre. Je serai votre écuyer ou tout ce que vous voudrez ».

Diane jette un coup d'œil sur la figure rosée de sa suivante et écarte de la main les cheveux blonds en désordre qui tombent presque sur ses yeux : « Vrai ! Odette, tu ferais un bien joli page, dit-elle, mais comment supporteras-tu ce long voyage ? à la fin de la première journée, tu tomberas déjà de fatigue ». La jeune fille lève la tête vers sa maîtresse, un éclair brûle dans son regard : « Noble dame, vous ne craignez pas de faire ce long voyage pour secourir Monseigneur ; je ne le crains pas davantage, puisqu'il me permettra de retrouver Yvon ». Un rayon humide luit dans les yeux de Diane ; elle embrasse Odette au front et lui dit : « Je n'ai pas le droit de t'en empêcher, mon enfant : tu me suivras ». Puis, appelant un serviteur, la comtesse lui commande de transporter dans ses appartements à elle la cuirasse d'argent.

Le lendemain à l'aube, les guerriers commandés par la châtelaine se présentèrent tout équipés devant le château. Tout à coup, la grande porte s'ouvre et sur le seuil un chevalier paraît. Il est encore très jeune ; son armure d'argent étincelle aux caresses matinales du soleil, et son casque dont la visière est relevée laisse voir un pâle et fier visage, encadré par quelques boucles brunes échappées de la pesante coiffure. Un page à la figure rose et blanche, aux cheveux blonds glissant en masse de sa toque de velours bleu foncé, se tient derrière lui, portant son bouclier. Un murmure d'étonnement parcourt les rangs des assistants : « C'est un esprit ! » disent quelques-uns, les plus nombreux ; « C'est la comtesse ! » crie enfin quelqu'un de mieux inspiré, et tous ensemble poussent une joyeuse exclamation.

« Non, mes amis, dit alors le chevalier, je ne suis plus la comtesse, mais bien Amaury de Kerdrec qui s'en va en Palestine à la recherche de son frère. Vous m'avez bien comprise ? Maintenant, que l'on m'amène mon cheval ! Êtes-vous prêt, Messire Ogier ? » Le sénéchal, la figure bouleversée, se tient derrière elle : « Noble dame, essaye-t-il encore, je vous supplie de ne pas donner cours à ce très téméraire projet... » Diane fronce les sourcils : « Qu'il soit téméraire ou non, il m'importe peu. Ce que je sais, c'est que le comte, mon époux et votre maître, court un danger, un très grand, et nul ne peut le sauver que moi. Qui donc oserait m'empêcher de me rendre vers lui ? »

Messire Ogier s'inclina : il connaissait ce regard chargé d'éclairs, ce front plissé, ces lèvres fines serrées l'une contre l'autre, et savait que la comtesse – le monde entier se fût-il dressé contre elle – n'en aurait pas moins donné suite à sa volonté. Du reste, elle s'était déjà mise en selle et donnant le signal du départ : « En avant ! Kerdrec », dit-elle, et la troupe s'éloigna au galop.

*
* *

Nous ne suivrons point Diane de Kerdrec dans toutes les péripéties de son long voyage et nous nous bornerons à la retrouver une année plus tard en Palestine, cherchant toujours, mais sans succès, la trace de son époux. Plus heureuse, Odette a depuis longtemps retrouvé Yvon, mais celui-ci n'a pu donner aucune nouvelle de son maître disparu dans un combat. La comtesse a renvoyé en France les deux heureux jeunes gens. Quant à elle, elle ne désespère pas. Son apparition dans l'armée chrétienne ne manque pas d'intriguer tout le monde, et chacun soupçonna bientôt qu'un mystère planait sur Amaury à la cuirasse d'argent...

Cependant, la fièvre ravageait lentement la suite de la comtesse. Diane elle-même en était atteinte, mais son invincible énergie empêchait chez elle les progrès de la maladie. Toujours sous l'empire de cette idée fixe – qu'elle sauverait le comte – elle continuait des recherches qui auraient déjà lassé tout autre caractère que le sien. Un à un, ses fidèles serviteurs tombèrent, soit sous la main des Infidèles soit par la maladie, et la comtesse se trouva seule avec Ogier. Mais rien ne pouvait l'arrêter ; échap-

50/75

pant comme par miracle à toutes les embûches des Arabes, elle avait acquis un certain renom parmi eux, et rien que la vue de sa cuirasse d'argent leur inspirait un respect salutaire.

Un jour que Diane et son vieux serviteur chevauchaient en silence, ils arrivèrent dans une plaine bien cultivée, quoi qu'aucune habitation humaine ne parût s'y élever. Au loin, un bois de cèdre se dressait dont la masse foncée tranchait sur le bleu du ciel, et un petit ruisseau serpentait en murmurant sur le sol. La comtesse et son écuyer mirent pied à terre pour reposer leurs chevaux, et s'asseyant sur deux grosses pierres tombèrent dans une douloureuse rêverie. Soudain le sénéchal releva la tête : Diane était debout devant lui : « Messire Ogier, lui dit-elle, pardonnez-moi de vous avoir fait venir ici ! Les vôtres vous pleurent sans doute ; il vous faut retourner en France ». Le vieillard tressaillit de joie : « En France ? Quand partons-nous ? » – « Nous ? répondit-elle un peu étonnée, ai-je parlé de moi ? Non, non, Messire Ogier ; je sais que mon époux est dans ce pays, malade, blessé, mourant peut-être, et je le chercherai jusqu'à ce que je le trouve. Si sa dépouille mortelle repose déjà sur cette terre étrangère, la mienne y reposera aussi ; et peut-être qu'attirée par ce lien mystérieux qui unit deux cœurs même après que la mort les a séparés, irais-je tomber pour ne plus me relever près des lieux où il repose, et réunir ainsi sa cendre à la mienne ».

Le sénéchal la regardait en secouant gravement la tête. Diane reprit avec feu : « Vous vous étonnez que je le suive jusqu'au bout ? écoutez ce que je lui dois. – Mes parents étaient de malheureux serfs ayant pour maître un homme brutal et emporté. Presque toujours ivre, il tombait parfois dans des accès de fureur indescriptibles, et il était rare alors qu'un ou deux de ses malheureux serfs ne tombassent pas sous ses coups. Mon père eut ce triste sort et ma mère, accablée de douleur, le suivit quelques jours après au tombeau. Quant à moi, saisie d'une haine insurmontable pour l'assassin, je pris la fuite sans me laisser arrêter par les terribles menaces contre les serfs fugitifs.

Mais à peine avais-je marché un jour que je me vis poursuivie et traquée par mon maître. J'allais retomber entre ses mains, lorsqu'un jeune chevalier passa par hasard près de moi et me demanda la cause de mon désespoir. Je lui racontai tout : « Ne craignez rien ! pauvre enfant, dit-il, je vous sauverai ». Ce chevalier se nommait Jehan de Kerdrec. Il me racheta et vous savez le reste, Messire Ogier. Ah dites-moi, pourrais-je maintenant l'abandonner ? Non, jamais ! je le chercherai jusqu'à ce que je le trouve, et quelque chose me dit que je le trouverai ».

Une larme brilla dans l'œil du sénéchal. Il serra dans ses mains rudes les mains blanches de la jeune femme, lui disant d'une voix émue : « Vous êtes un noble cœur et je serais un lâche, si je vous abandonnais ». Il finissait qu'un coup de sifflet aigu traversa les airs. Diane chancela : « Ah ! dit-elle, c'est lui qui m'appelle. Il n'est pas loin d'ici : venez ! cherchons ! » Tous deux partirent au grand trot de leurs chevaux.

Au bout de quelques instants, ils virent devant eux un jeune Arabe qui allait puiser de l'eau au ruisseau. La comtesse poussa un cri et s'élança vers lui : au cou de l'enfant, suspendu à une chaîne d'or, un sifflet richement orné de pierreries brillait au soleil. En apercevant ce chevalier qui fondait sur lui, le jeune garçon voulut fuir, mais déjà Diane l'avait rejoint, faisant miroiter devant ses yeux une bourse pleine d'or ;

rassuré, l'Arabe attendit. Diane indiqua du doigt le précieux instrument, il sourit de ses dents blanches et dit : « El Roumi ».

La comtesse avait pâli : « L'étranger, répéta-t-elle, quel étranger ? où est-il ? » L'enfant ne comprenait qu'à moitié : « Esclave et malade », bégaya-t-il... La jeune femme sursauta et saisit violemment son interlocuteur par le bras, lui demandant avec anxiété : « Où donc est l'étranger ? » Il étendit le bras vers le petit bois qui se trouvait à quelque distance : « Là ? » fit Diane. L'enfant approuva de la tête, puis faisant sonner l'or qu'il avait reçu, il partit en courant.

Diane avait violemment frappé son cheval, le noble animal partit au grand galop et en peu d'instants se trouva sous les arbres dont les grandes branches fouettaient au passage le visage de la comtesse ; mais celle-ci ne sentait rien : elle avait aperçu non loin de là une hutte dont la porte entrouverte laissait voir un corps humain étendu sur le sol. Elle mit pied à terre et pénétra dans la cabane : un homme y gisait, pâle et défait, vêtu d'habits grossiers ; son visage qu'une barbe inculte et épaisse encadrait était d'une singulière noblesse. Diane était déjà à genoux près de lui et soutenait sa tête, lui disant : « Jehan, me voilà ! vous êtes sauvé ».

Le malade ouvrit les yeux ; il contempla d'un air étonné cette douce figure sous ce casque pesant dont s'échappaient quelques cheveux frisés, ces grands yeux gris fixés sur lui avec sollicitude, puis murmura faiblement : « Quel es-tu ? jeune inconnu, tu me rappelles une figure chérie que j'ai laissée là-bas dans mon beau pays de France. Écoute ! ami, si jamais tu retournes en ta patrie, va porter à Diane de Kerdrec les dernières pensées de son époux ». – « Ne me reconnaissez-vous point, dit la comtesse, que vous me preniez pour un étranger ? » Elle ôta son casque et le jeta à terre, d'épaisses boucles brunes vinrent ondoyer sur ses épaules.

Jehan tremblait d'émotion. Un cri monta sur ses lèvres : « Diane ! » – « Oui, c'est moi ! dit-elle, vous guérirez maintenant que je suis venue, n'est-ce pas ? et nous retournerons en France vivre heureux à Kerdrec ». Et la comtesse baignait d'eau fraîche le front brûlant de son époux. Le visage du comte s'assombrit, tandis qu'il disait : « Comment partir ? je suis esclave ! » Elle souriait : « Chassez ces idées noires : j'ai de quoi vous racheter. Sitôt que vous pourrez supporter le voyage, nous partirons ». Et Jehan, tranquillisé, s'endormit bientôt d'un profond sommeil.

Mais maintenant que le but de son voyage était atteint et que l'excitation de la recherche qui l'avait soutenue jusque-là était tombée, Diane sentit combien de progrès la maladie avait fait en elle, et dut s'avouer qu'elle était peut-être plus gravement atteinte que celui qu'elle était venue chercher si loin.

Trois semaines plus tard, le comte et la comtesse de Kerdrec suivis d'Ogier s'embarquaient à Acre pour retourner en France. Jehan était complètement guéri, mais non pas Diane qui, vaincue par toutes les fatigues qu'elle avait éprouvées, s'affaiblissait tous les jours davantage. Son beau visage avait pris la transparence de l'albâtre et son regard brillait d'un éclat fiévreux. Le comte ne se doutait point encore du malheur qui le menaçait ; cependant, il ne pouvait se défendre d'une vague inquiétude, lorsqu'il contemplait l'idéale figure de son épouse.

Un jour enfin, la vérité effrayante lui apparut. Il se promenait sur l'arrière-pont, deux matelots causaient sans le voir ; son nom et celui de Diane passèrent sur leurs lèvres ; il s'approcha et entendit l'un qui disait : « Messire Jehan ne s'en aper-çoit pas, mais elle s'en va. Du reste, ce n'est pas étonnant, après tout ce qu'elle a fait ! »

Le comte n'en avait pas écouté plus long ; frappé au cœur, il fut en une seconde auprès de son épouse et lui prenant les mains lui dit d'une voix altérée : « N'est-ce pas, cela n'est pas vrai ? je ne vous ai pas retrouvée pour vous perdre sitôt ». Elle avait tristement souri sans répondre.

Par un beau soir d'automne, le château de Kerdrec était en fête. Un messager arrivé la veille avait annoncé le retour des maîtres pour le lendemain, et toute les foules des serfs et des vassaux attendaient avec une joyeuse impatience l'arrivée du noble couple qui avait si bien su se faire chérir de tous.

Enfin un mouvement se produisit au dernier contour du chemin : c'étaient eux ! Un long cri de bienvenue s'éleva. Mais une émotion douloureuse se peignit bien-tôt sur tous les visages à la vue de la comtesse. Elle était vêtue d'une robe de cheval en brocart rouge ; un long voile transparent l'enveloppait, laissant voir son visage pâle comme la mort et ses yeux gris agrandis par la fièvre brillaient d'un éclat céleste. Aus-si, lorsqu'après toutes les salutations indispensables Diane de Kerdrec, appuyée sur son époux, gravit avec peine le grand escalier de son manoir et disparut à l'intérieur, une jeune paysanne éclata en sanglots : « Ha ! dit-elle, notre dame ne revient que pour s'en aller de nouveau : avant huit jours, elle nous aura quittés pour jamais ». Personne n'avait osé donner un démenti à ces tristes paroles.

La pauvre fille n'avait que trop bien prophétisé : huit jours plus tard, Diane de Kerdrec dormait de son dernier sommeil dans le tombeau des aïeux de son mari ; et le comte, entouré de tous ceux qui dépendaient de lui, se tenait dans la grande salle du château tendue de noir. Parmi les serfs et les serviteurs, beaucoup pleuraient.

La voix du maître tremblait, lorsqu'il leur adressa la parole : « Mes amis ! dit-il, la dernière pensée de votre maîtresse a été de vous rendre heureux : vous êtes tous libres à partir d'aujourd'hui », et il remit à chacun une somme d'argent. Ogier le sé-néchal, pâle et défait, se tenait derrière lui. Jehan se retourna : « Vous l'aimiez comme tous ceux-ci, dit-il, et vous l'avez bien servie : à vous donc ce manoir et le reste de mes terres ! usez de cela comme elle en aurait usé, vous souvenant que tous ceux qui pensent encore à elle me seront toujours chers. Adieu ! vous ne me reverrez jamais ». Et Jehan de Kerdrec sortant de la salle franchit pour la dernière fois le seuil de la demeure de ses ancêtres. Son palefroi tout harnaché de noir l'attendait. Le comte se mit en selle : « Adieu ! » dit-il encore à la foule éplorée qui l'entourait et mettant son cheval au galop, il s'éloigna. Nul n'en entendit plus jamais parler.

Seulement, là-bas en Palestine, à la place où Diane de Kerdrec avait autrefois retrouvé son époux, on vit longtemps une petite cabane habitée par un religieux qui accueillait sans distinction tous les chrétiens malades ou blessés, les guérissait et leur fournissait les moyens de revoir leur patrie.

EMINEH

I

Il avait plu tout le jour ; de gros nuages se traînaient encore sur les flancs sombres de l'Herzégovine, et le chemin pierreux conduisant à une vallée qui confinait à la frontière turque était détrempé par l'humidité.

Le silence n'était troublé que par le son lointain d'une cascade descendant vers la plaine, et le bruissement monotone des gouttes d'eau qui s'échappaient des branches. Soudain des pas pressés résonnèrent dans le lointain et se rapprochèrent peu à peu ; bientôt un homme apparut à l'un des contours de la route. Il était grand et fort, et portait le costume des montagnards herzégoviniens. Il marchait rapidement en s'aidant à peine d'un gourdin de bois de chêne.

Cet homme s'appelait Rigardo Domirdji. Il habitait avec sa femme et ses deux enfants une ferme située dans cette haute vallée. Dans le pays, il jouissait d'une haute considération et à bien des lieues à la ronde, s'il survenait une contestation entre les habitants de la contrée, c'était à Rigardo que l'on s'en remettait pour trancher la question ; et toujours son bon sens et sa manière de voir claire et élevée savaient concilier et apaiser les réclamations des plaignants et des accusés. Sa famille comptait parmi les anciennes de l'Herzégovine, et cela joint au prestige que lui valaient sa belle figure et son ferme caractère lui donnait une autorité bienfaisante sur ses compatriotes. Dans son enfance, il avait reçu une certaine instruction qu'il cherchait à conserver au milieu de la vie un peu rude qu'il menait dans sa demeure isolée.

Ce soir-là, il revenait de la ville la plus proche, cependant distante de plusieurs lieues. Il y avait heureusement terminé des affaires importantes, et c'était d'un cœur joyeux qu'il hâtait le pas pour se retrouver quelques instants plus tôt au milieu des siens. Soudain, comme il passait près d'un gros chêne, il crut voir quelqu'un assis au pied du tronc ; il s'approcha et reconnut avec étonnement que c'était une jeune fille, presque une enfant ; il l'interpella : « Que fais-tu dans ce lieu, à ces heures ? »

L'inconnue bondit sur ses pieds avec un geste de biche effarouchée et fit un pas en arrière : « Ce que je fais ? dit-elle, rien ! j'attends ». – « Tu attends, et quoi donc ? » – « La mort ! reprit-elle de sa voix un peu basse, mais harmonieuse ; la mort, c'est la seule chose sur laquelle je puisse désormais compter ».

Rigardo se sentit ému ; ces paroles avaient été prononcées sans emphase, mais avec un sentiment de profonde douleur et de résolution implacable. Il posa la main sur l'épaule de l'infortunée : « À ton âge, jeune fille, de telles pensées ne sont pas permises. Il faut vivre et ne pas songer à mourir ! »

Elle eut un geste de découragement : « Vivre ! à quoi bon ? lorsque l'on est seule, sans parents, sans famille, sans amis, exposée à tous les dangers, on n'a que la mort pour refuge ». – « Tu n'as donc personne à qui demander asile ? » – « Non ». « Et comment t'appelles-tu ? » – « Emineh ». – Puis reculant soudain, elle ajouta : « Laisse-moi seulement, regagne ton logis où tu es sans doute impatiemment attendu ; avant que le jour luise sur la montagne, je me serai endormie du sommeil éternel... »

Rigardo l'interrompit : « Viens avec moi, Emineh, ma protection du moins ne te manquera pas... » Il s'arrêta, le regard de la jeune fille était fixé sur lui, et malgré l'obscurité, il le sentait et en éprouvait une impression étrange. – « Allah t'envoie, dit-elle simplement, commande ! Emineh est ta servante ».

Ils marchèrent longtemps en silence. Rigardo ayant remarqué la peine qu'Emineh avait à le suivre passa doucement la main de la jeune fille sous son bras afin de lui faciliter la marche ; il ne la questionna pas, se réservant de l'interroger plus tard, mais sa bonté, la douceur avec laquelle il s'était intéressé à la faible et malheureuse créature, lui avait déjà gagné tout entière cette âme ardente et farouche.

Au bout de deux heures pendant lesquelles Rigardo craignit à chaque instant de voir sa frêle compagne perdre connaissance, une petite lumière se montra dans l'obscurité : elle sortait de la demeure du montagnard. La maison de Rigardo occupait l'extrémité orientale de la haute vallée dont il a déjà été question ; au sud, elle s'adossait à une paroi de rochers fort élevée et avait ainsi devant elle au nord toute la largeur du plateau, un bel espace découvert et verdoyant borné vis-à-vis par des bois épais qui couvraient tout le versant de la montagne opposée.

Rigardo fut bientôt sur le seuil. Des cris joyeux saluèrent son entrée ; Dobronia, sa jeune femme, quitta vivement le foyer où elle préparait le repas du soir et vint le recevoir avec un doux sourire, les enfants se jetèrent dans ses bras, même le chien qui sommeillait sur sa natte témoigna par un aboiement et quelques hochements de queue le plaisir que le retour de son maître lui causait.

« Je vous apporte une surprise », dit Rigardo, après avoir rendu aux siens les marques d'affection qu'il en recevait. Emineh pâle et tremblante était restée dissimulée dans l'ombre de la porte ; il la prit par la main et la fit avancer de quelques pas jusqu'à ce que les rayons de la lampe tombassent en plein sur elle. Il ne l'avait vue que dans les lueurs ternes de la nuit tombante et il eut peine à retenir un cri d'admiration.

Il se trouvait devant une grande et belle créature dont le costume, bien que mouillé et souillé par la boue, paraissait encore d'une extrême richesse. Elle pouvait avoir quinze à seize ans ; sa figure à l'ovale ravissant était d'une blancheur mate qui faisait ressortir la pourpre de ses lèvres ; ses grands yeux noirs avaient des reflets orange : on eût dit une étincelle d'or sur du velours sombre ; sa chevelure, mal retenue par un peigne incrusté de pierreries, tombait en ondes de jais jusqu'à l'ourlet de sa tunique.

Étonnée, presque intimidée, Dobronia regardait Emineh. Celle-ci se tourna vers Rigardo : « Ta demeure est le séjour du bonheur, je n'y apporterais que ma tristesse ; laisse-moi retourner dans la forêt, on m'y trouvera morte demain ; sois béni pour les bonnes paroles que tu m'as adressées ». Elle avait déjà fait un pas en arrière. Rigardo l'arrêta : « Pauvre enfant, la douleur t'égare : reste avec nous ! »

Il la conduisit vers la table et la plaça sur le banc rustique. Puis, les deux époux assis à côté d'elle lui prodiguèrent leurs caresses et leurs soins comme à un doux oiseau blessé par la tempête.

Emineh se laissait faire ; les yeux à demi fermés, elle s'abandonnait avec délices à ce bien-être nouveau ; puis bientôt appuyée contre l'épaule de Dobronia, elle tomba dans un profond sommeil.

Lorsque la jeune fille se réveilla le lendemain matin, un rayon de soleil dansait dans la chambre et mettait une auréole sur la tête blonde de son hôtesse qui travaillait près de la fenêtre. Elle était bien jolie, Dobronia, avec ses grands yeux bleus si clairs et si doux, et elle paraissait si bonne ! comme ses dents blanches brillaient, lorsqu'elle souriait aux deux enfants qui jouaient autour d'elle. Les vêtements que la jeune fille portaient la veille séchaient près du feu, et avaient été remplacés par d'autres plus propres et plus chauds.

Emineh contemplait avec bonheur ce paisible tableau ; il lui semblait cependant qu'il y manquait quelque chose. Était-ce un rêve que cet homme à la figure noble et pure qui, la veille, l'avait arrachée à la mort par sa compassion et ses bonnes paroles ?

Le petit garçon remarqua le premier que l'étrangère ne dormait plus ; il courut annoncer cette nouvelle à sa mère. Dobronia s'approcha : « As-tu bien dormi ? ma fille ». Emineh était déjà debout, ramenant à grand peine ses cheveux sous son peigne. Sans répondre, elle vint à la jeune femme et lui baisa les mains. Celle-ci lui souriait affectueusement : « Tu me parais un peu remise ; il te faut maintenant manger quelque chose, tu dois en éprouver le besoin ». Emineh n'avait pas le moindre appétit, mais comme sa bienfaitrice insistait, elle accepta uniquement pour lui faire plaisir.

Soudain, une voix joyeuse retentit derrière la porte. Un frisson de bonheur traversa l'âme de la jeune fille, elle se leva machinalement. Rigardo était là, près d'elle, et lui tendait la main : « Je venais voir comment Dobronia te soignait, mon enfant. Tu me sembles mieux, ce matin ; as-tu déjà fait connaissance avec les lutins de la maison ? » et Rigardo étendit les bras, et enferma comme dans une prison les deux bambins qui riaient follement et faisaient de vains efforts pour se dégager. Le père contemplait avec un bonheur mêlé d'orgueil les têtes bouclées, l'une blonde comme les épis mûrs, l'autre brune avec des teintes cuivrées : « Voici le démon de la maison », dit-il au bout d'un instant en désignant la fillette : « c'est Maruccia, et celui-ci, c'est le bon génie, n'est-ce pas, Ino ? » et il tendait son visage aux baisers des enfants qui se pendaient à son cou avec des transports de joie.

Rigardo rendit la liberté aux petits captifs, et Dobronia comprenant que son mari désirait causer seul avec l'étrangère les emmena dehors.

Lorsqu'ils furent loin, Rigardo amena sa protégée sous le grand jour de la fenêtre et la regarda bien en face : « Il faut me dire maintenant qui tu es, et d'où tu viens, Emineh ! » Elle ne répondit pas. « Eh ! bien... » ajouta-t-il d'un ton un peu sévère après un instant de silence. Elle s'agenouilla devant lui : « Maître, pardonne-moi ! je ne puis te le raconter, mais – je te le jure – je ne déshonore pas ton toit. Si pourtant un seul soupçon entrait dans ton cœur à mon égard, dis-le moi : je partirai tout de suite et pour toujours. Tu m'as secourue et recueillie, tu as été bon pour moi, tu peux maintenant me mépriser et me rejeter. Je ne t'en bénirai pas moins jusqu'à ma dernière heure ».

Domirdji fut touché de cette humilité et de cette douleur ; du reste, les paroles de la pauvre enfant avaient un cachet de vérité auquel il était impossible de ne pas croire. Il releva la jeune fille prosternée à ses pieds : « J'ai confiance en toi, Emineh ! demeure auprès de nous aussi longtemps que tu voudras ». Elle joignit les mains et chancela, ce bonheur l'éblouissait. Désormais, son existence se résumerait en une seule pensée, celle de rendre un jour à cet homme quelque chose de ce qu'il lui donnait : « Qu'Allah te récompense », murmura-t-elle doucement.

Ce nom d'Allah prononcé pour la seconde fois frappa Domirdji. Il reprit : « Tu es mahométane ? » Emineh eut peur : la pensée que Rigardo la renverrait, parce qu'elle n'était pas chrétienne, lui traversa l'esprit, mais elle n'essaya pas de nier, elle baissa la tête et attendit. L'expression du montagnard l'eût vite rassurée, mais elle n'osait le regarder : « Tu te convertiras », dit-il. Un soupir de soulagement s'échappa du cœur de la jeune Turque, sa figure s'illumina : « Ô Maître, c'est comme tu voudras ». Que lui importait d'être chrétienne ou mahométane, pourvu qu'il lui fût permis de vivre auprès de son bienfaiteur et de lui donner un jour une preuve éclatante de son affection.

Les jours s'écoulaient. Emineh vivait heureuse et tranquille dans la maison de son sauveur ; les enfants l'adoraient et Dobronia disait en riant qu'elle n'avait plus qu'à se croiser les bras et à faire la grande dame, tant Emineh s'ingéniait à la servir et à l'aider dans tous les travaux du ménage. Quelquefois cependant, au milieu de son activité presque fébrile, il prenait à la jeune fille des accès soudains de rêverie. Alors, elle regardait de loin et sans se mêler à eux Rigardo et sa famille qui riaient et causaient ensemble ; une douleur étrange la mordait au cœur, et elle se retirait les yeux pleins de larmes brûlantes dans l'endroit le plus sombre de la salle.

L'affection que Domirdji lui avait inspirée dès leur première rencontre continuait de grandir. Le cœur farouche et passionné de la Turque s'était laissé entièrement subjuguer par cette nature forte et franche, à la fois douce et virile. Rigardo lui apparaissait comme un être d'une essence supérieure auquel il était impossible de résister ; sur un désir de lui, elle eût tout bravé, mais il ne réclamait jamais rien d'elle, il la traitait plutôt comme un hôte aimé. Cela ne pouvait suffire à Emineh ; elle portait envie à Marangéla, la petite servante qui recevait des ordres du maître, et un jour que le valet d'écurie s'était fortement blessé à la main en défendant Maruccia contre un chat sauvage, elle pleura de n'avoir pas été à la place du jeune homme pour rendre ce service à son idole.

Elle ne pouvait se contenter d'une reconnaissance passive et eût voulu le lui prouver d'une façon extraordinaire. – Mais comment ? – L'occasion ne s'en offrait pas. Tous ces sentiments encore vagues, il est vrai, s'agitaient dans l'esprit de la jeune fille et provoquaient chez elle ces tristesses subites et inexpliquées qui la saisissaient parfois.

Rigardo cependant s'occupait beaucoup d'elle ; il apprenait lui-même à lire et à écrire à son fils, et voulut qu'Emineh partageât ces leçons. Mais là encore, il la traitait autrement qu'Ino ; si l'enfant trop étourdi ou trop paresseux ne contentait pas son maître, celui-ci s'impatientait et le grondait ; quelquefois même, il allait jusqu'à le frapper. Avec Emineh au contraire, il avait toujours une manière amicale ; s'il la reprenait, c'était le plus doucement possible. Il faut dire aussi qu'elle se donnait une peine infinie pour bien faire, et qu'à force d'apprendre et de désirer le contenter, elle s'embrouillait parfois complètement. Rigardo l'avait peut-être compris, mais il semblait à la bizarre enfant que s'il l'eût traitée autrement et même vertement grondée, cela aurait été une preuve qu'il s'intéressait davantage à elle.

Deux fois, chaque semaine, il l'envoyait chez le pope du village le plus rapproché. Emineh écoutait ses instructions avec une profonde attention ; elle avait souvent grand peine à débrouiller dans sa tête ses enseignements si nouveaux pour elle ; mais puisque ces croyances étaient celle de Rigardo, elle voulait les partager pour faire comme lui, pour être aussi bonne que lui et pour se trouver quelque jour au ciel avec lui.

Un après-midi, Dobronia achevait quelques travaux d'intérieur, Emineh travaillait devant la maison, les enfants jouaient autour d'elle. Ino vint avec un geste caressant appuyer sa tête blonde contre la sienne : « Écoute donc ! Emineh, j'ai demandé à papa pourquoi il me grondait si fort, quand je ne savais rien à nos leçons, tandis qu'il ne te disait pas un mot ».

Emineh tressaillit : « Et qu'a-t-il répondu ? »

L'enfant riait : « Il m'a répondu que Maruccia et moi étions ses bambins, ses petites choses ; qu'il pouvait faire de nous ce qu'il voulait, tandis que toi, tu étais une belle étrangère qui retrouverait probablement un jour sa famille, et qu'il fallait traiter avec plus d'égards et de respect ; puis il a encore dit que tu travaillais mieux que moi, que tu étais la meilleure élève, qu'il t'aimait beaucoup et bien d'autres choses pareilles.

– Mais pourquoi fais-tu cette figure, Emineh, qu'as-tu ? »

La jeune fille avait changé de couleur, sa tête renversée s'appuyait à la muraille ; les yeux à demi fermés, elle essayait en vain de refouler la douleur qu'elle sentait bouillonner en son âme ainsi qu'un flot de lave incandescente. *Étrangère,* ce mot seul l'avait frappée, elle ne gardait pas le souvenir du reste.

Maruccia l'embrassait : « Méchant Ino, tu as fait de la peine à Emineh, comme tu es mauvais ! » Ino qui chérissait la jeune fille se récria : « Non ! je n'ai rien dit de méchant, j'ai répété les paroles de papa, voilà tout ». Mais Maruccia insistait. Le petit garçon se fâcha, et tous deux finirent par en venir aux mains, ce qui ne s'était encore jamais vu depuis qu'ils existaient. Des pleurs bruyants éclatèrent, Emineh n'entendait rien. Dobronia parut sur le seuil de la porte et regarda une seconde la scène ; elle eut un geste de mécontentement en s'adressant à la Turque : « Emineh, comment laisses-tu des enfants se battre de la sorte ? Leur père va rentrer, il serait triste de les voir en un pareil état ». La jeune fille se leva en chancelant et sépara les combattants.

Au même moment, Rigardo apparut au haut du sentier qui menait à son habitation. Il s'informa des causes du débat, mais les explications furent si embrouillées qu'il n'y comprit rien ; il interrogea Emineh qui lui fit une réponse impossible. Il se mit à rire : « Tu es de nouveau dans tes rêves, mon enfant ! » puis il entoura de son bras le cou de Dobronia et rentra avec elle dans la maison sans songer davantage à cet incident.

La jeune fille se retira dans le réduit qu'elle occupait à côté de la grande salle basse où la famille se tenait d'ordinaire ; elle s'assit sur le bord de sa couchette et demeura longtemps la tête dans ses mains, en proie à une souffrance aiguë. Ainsi, elle n'était qu'une étrangère chez Rigardo ; Dobronia, Ino, Maruccia lui appartenaient, ils comptaient dans sa vie, ils faisaient son bonheur. Marangéla et le valet de ferme même étaient pour lui des êtres familiers auxquels ils tenaient, et pourtant la petite servante n'avait pour lui que tout juste l'affection qu'il fallait ; elle le trouvait trop sévère et trop exact, mais on recevait chez lui une bonne nourriture, il était généreux et payait bien, cela pouvait aller ; et le maître l'appelait quelquefois « ma fille » et lui montrait un peu de l'autorité d'un père.

Ino et Maruccia l'aimaient bien, il est vrai ; mais ils lui faisaient très souvent de la peine et ne comprenaient pas un bonheur qui leur paraissait tout naturel, tandis qu'elle, Emineh, elle qui eût donné sa vie pour lui, qui – sur un signe de lui – eût entrepris les plus rudes et les plus vils travaux, qui – s'il l'eût demandé – se fût privée de boire, de dormir et de manger, elle n'était pour lui qu'une étrangère !

Depuis ce jour, la jeune fille devint plus sombre, plus renfermée. Elle s'efforçait bien comme avant d'être utile, mais elle se dérobait aux remerciements ; le soir, elle ne se mêlait plus jamais au groupe joyeux formé par Rigardo et sa famille. Tapie dans l'ombre, elle dardait sur eux son regard étincelant et doux, des larmes ardentes montaient à ses yeux : « Je ne suis rien pour lui ! disait-elle, ni son épouse ni sa fille ni sa sœur ni sa servante, rien, rien ».

Les premiers jours, Domirdji étonné de la voir isolée en son coin l'appelait. Alors elle oubliait pendant un instant ses tristes pensées et accourait recevoir une caresse, une bonne parole. Puis, si le lendemain le maître passait distraitement à côté d'elle, sans même s'apercevoir de sa présence, les idées noires revenaient, elle s'accusait elle-même : « C'est bien ma faute ! pourquoi m'aimerait-il ? je n'ai rien su faire de particulier pour lui prouver mon affection, et pourtant sur la terre est-il quelqu'un qui puisse l'aimer plus que moi ? Il est bon à mon égard, parce qu'il a l'habitude de l'être envers chacun, mais il le dit : je suis une étrangère ici – étrangère aujourd'hui, étrangère demain, étrangère toujours ».

Incapable de se contenir plus longtemps, elle se confia une fois au pope qui l'instruisait. C'était un homme déjà fort âgé qui avait toujours vécu paisiblement et sagement sans rêves inutiles ; d'un naturel fort calme et totalement dépourvu d'imagination, il ne comprit rien au désespoir d'Emineh : « Mon amie, tu es malade ! lui dit-il ; travaille beaucoup, fatigue ton corps, cela rendra la santé à ton esprit. Lorsque par ton baptême, tu seras entrée dans notre sainte église, on te trouvera un bon et beau mari avec lequel tu oublieras bien vite toutes les bizarreries que je viens d'entendre ».

Emineh rentra chez Rigardo plus sombre et plus perplexe que jamais ; son cœur était près d'éclater, elle sentait qu'il lui fallait agir, faire quelque chose de décisif... mais quoi ? Elle n'en savait absolument rien, elle était seulement sûre que cette situation ne durerait pas.

En rentrant elle trouva Dobronia sur le seuil de la porte : « Qu'y a-t-il, Emineh ? tu me sembles toute triste ». – « Rien, rien », répondit-elle précipitamment, puis sentant qu'il lui fallait absolument d'une manière ou d'une autre donner libre cours aux violentes sensations qui remplissaient son âme, elle noua ses bras au cou de Dobronia. Celle-ci riait : « Mais tu m'étouffes, petite folle ! voyons, qu'est-ce qu'il y a ? » Emineh s'était un peu calmée, elle sourit : « Je vous aime, je vous aime tant ! » dit-elle simplement. La jeune femme sépara les mains étroitement jointes d'Emineh, et posant ses lèvres sur le beau front pâle, elle murmura : « Enfant, va ! »

Rigardo rentra tard ce soir-là, des affaires diverses l'avaient retenu toute la journée hors de chez lui. Dobronia l'attendait près du foyer où deux grosses bûches flambaient avec un pétillement réjouissant ; les enfants babillaient aux pieds de leur mère.

Quand Domirdji rentra, il les embrassa tous avec tendresse, puis s'assit à côté de sa femme ; tous deux se mirent à causer des occupations de la journée.

Emineh était là dans l'ombre, et retenait son souffle : n'aurait-il pas un mot pour elle ? Mais Rigardo accoutumé à ne pas la voir assise dans le cercle de famille et absorbé par son récit ne songea point à la jeune fille. Dobronia riait en plongeant ses doux yeux bleus dans le regard aimant et profond de son mari.

De temps en temps, les petits se hissaient sur la pointe du pied pour dérober un baiser à leur père, le chien appuyait son long museau sur les genoux de son maître ; même les domestiques assis un peu plus loin semblaient prendre un joyeux intérêt à cette scène d'intérieur.

Emineh se retirait toujours plus dans l'obscurité, une douleur aigüe consumait tout son être. Ce n'était certes point de la jalousie, car elle aimait Dobronia et les enfants de toute l'affection que lui laissait son culte pour Rigardo, et si ces êtres chéris eussent été malheureux et en danger, elle aurait fait l'impossible pour leur rendre le bonheur ; mais bien plutôt, c'était l'exaltation d'une âme passionnée et brûlante de reconnaissance qui se sait ou se croit inutile à son bienfaiteur.

Elle prit une résolution suprême : « Je partirai ! ma présence ici est plutôt un embarras qu'un plaisir pour lui ; mieux vaut m'enfuir et le quitter. Au jour du malheur, je reviendrai, je le sauverai, et peut-être qu'alors, je deviendrai quelque chose pour lui, peut-être qu'alors il tiendra à moi, ne fût-ce que de la façon dont il tient à ce chien fidèle qu'il caresse d'une main distraite. Demain soir, lorsqu'il rentrera, j'aurai abandonné son toit pour longtemps peut-être, Dieu le veuille ! car je n'y reviendrai qu'avec l'adversité ». Puis elle se mit à songer à ce qu'elle ferait loin de lui, quand elle ne verrait plus sa figure chérie, quand cette voix sonore ne prononcerait plus son nom, quand ses yeux graves et bons ne rencontreraient plus les siens et quand de longues années s'écouleraient peut-être, avant que les événements la ramenassent auprès de lui. Alors, ce fut comme un effondrement dans son cœur ; un affreux sentiment de vide l'envahit tout entière, et incapable de retenir sa douleur plus longtemps, elle ferma les yeux et éclata en sanglots.

Rigardo et Dobronia se levèrent brusquement et coururent à la jeune fille ; elle était couchée à terre, le visage enfoncé dans ses mains et continuait de pleurer avec une violence effrayante. C'est qu'hélas ! chaque mot de consolation prononcé par cette voix adorée lui rappelait qu'elle allait partir le lendemain peut-être pour toujours, chaque caresse de son bienfaiteur pouvait être la dernière.

Rien ne put la consoler. Lassés enfin, Rigardo et Dobronia la quittèrent, espérant que la nuit la calmerait et qu'elle s'expliquerait le lendemain. Mais Emineh ne dormit pas ; lorsqu'elle n'eut plus de larmes, elle recommença à songer aux suites de son projet. L'idée de rester ne lui vint pas : « Je suis inutile ici, disait-elle, je ne reparaîtrai que lorsqu'il aura besoin de moi ».

Le lendemain matin, Rigardo appela Emineh. Elle le trouva assis près de la fenêtre, occupé à tailler un sifflet de bois, destiné sans doute à Ino. Il avait l'air plus sévère que de coutume : « Que s'était-il passé hier soir, Emineh ? il faut tout me dire ; quelqu'un t'aurait-il chagrinée, les enfants peut-être, Marangéla, es-tu malheureuse avec nous ? » Elle l'enveloppait d'un regard brûlant : « Oh maître ! je t'avais bien averti en me recueillant : c'est la tristesse et les pleurs que tu fis entrer chez toi ; pardonne-moi ! je ne puis autrement ».

Rigardo fut effrayé du désespoir peint sur le visage de sa protégée, il lui prit les mains : « Tu me fais peur, Emineh, jure-moi que tu n'essayeras plus jamais de trouver la mort comme le soir où je t'ai recueillie ! » Elle se redressa avec un sourire étranger sur les lèvres : « Ne crains rien, maître, je ne songe plus à cela maintenant ; je veux vivre, il faut que je vive ! »

Rigardo l'examinait avec surprise, il reprit d'une voix caressante : « Ne me révéleras-tu pas ce qui t'attristait hier soir, mon enfant ? » Elle resta muette. Il s'impatienta, se leva brusquement et tendit la main pour saisir le sifflet de bois qu'il avait posé sur la table. La jeune fille chancela : « Donne-le moi ! » Domirdji sourit en haussant les épaules et lui tendit l'objet demandé en lui disant : « Tu es par trop enfant, Emineh ! » puis il sortit en chantonnant.

La jeune Turque resta un instant immobile en le suivant des yeux. Lorsqu'il eut disparu : « adieu, adieu », murmura-t-elle dans un sanglot ; et elle baisait avec passion l'instrument inachevé.

Tout l'après-midi, elle aida à Dobronia. Jamais elle n'avait été si douce, si affectueuse ; Ino et Maruccia semblaient pressentir son départ, ils s'attachaient à elle et ne voulaient pas la quitter. « Tu dois être lasse, Emineh, repose-toi ! dit enfin la jeune femme ; tu as travaillé comme une esclave : c'est assez, mon enfant ». Emineh s'arrêta : « Oui vraiment, je crois que je suis fatigué ; je vais aller m'asseoir un instant ».

Sa voix était rauque et sonnait étrangement, ses yeux avaient des reflets métalliques, elle s'approcha de Dobronia et l'embrassa. Celle-ci tressaillit : « Ne me regarde pas ainsi, Emineh, tu me fais peur ! » La Turque baissa les yeux ; puis elle prit dans ses bras les têtes bouclées des petits et les serra avec force contre elle. Maruccia se mit à pleurer. Emineh se redressa : « Même mes caresses leur font mal », se disait-elle en gagnant son réduit.

La nuit était venue ; la grande cuisine se trouvait solitaire ; Dobronia et les enfants faisaient un tour à l'écurie, Marangéla donnait à manger aux bêtes. Emineh sortit de sa chambrette ; elle avait revêtu les habits qu'elle portait lors de son arrivée chez Rigardo, elle ne voulait rien garder de ce qui appartenait à son bienfaiteur ; elle franchit le seuil de la maison et se glissa dehors. Il faisait froid, elle frissonna et alla se blottir à quelque distance sous un hangar ; de là, elle pouvait encore apercevoir la demeure hospitalière qu'elle venait de quitter. Dobronia rentra et prépara le souper, sa voix douce répondait au babil des petits.

Bientôt un pas joyeux retentit ; le cœur de la pauvre enfant battait à se rompre – c'était lui ! s'apercevrait-il qu'elle était loin ? La porte s'ouvrit, se referma, puis se rouvrit soudain, et la haute silhouette de Rigardo apparut en sombre sur le fond clair de la salle : « Emineh, Emineh ! cria-t-il, où es-tu ? »

Elle fit un mouvement comme pour répondre, mais aucun son ne sortit de ses lèvres. La porte se referma, et la jeune fille s'élançant au loin eut bientôt disparu dans l'obscurité croissante.

II

Deux ans se sont passés (depuis le récit qui précède). De sombres rumeurs de guerre commençaient à s'élever ; Bosniens, Serbes, Herzégoviniens étaient prêts à secouer le joug des Turcs et à venger leur patrie et leur religion menacée.

Il se faisait tard, le temps était humide et lourd, on eût dit que le ciel portait deuil sur la terre.

Une lumière brillait encore dans la demeure de Rigardo Domirdji et semblait une étoile au milieu des ténèbres profondes.

Rigardo et Dobronia causaient près du foyer. Ino et Maruccia se tenaient à moitié endormis à leurs pieds. Marangéla avait épousé le valet de ferme ; la veille, tous deux sous un prétexte quelconque avaient demandé un jour de congé ; malgré l'expiration du délai accordé, ils n'étaient pas rentrés. Les époux paraissaient tristes ; le lendemain, Rigardo devait aller prendre le commandement d'une petite troupe d'Herzégoviniens résolus à libérer leur pays ou à mourir : « Qui sait ! nous ne nous reverrons peut-être pas, disait Dobronia. Mais si tu périssais victime des Turcs, je te jure d'élever notre fils de manière à ce qu'il te venge un jour ». Les yeux d'Ino brillèrent : « Ô père, si tu voulais me laisser partir avec toi, je suis fort, je pourrais bien tenir un fusil et te défendre, père, si tu voulais ». Domirdji le contemplait avec orgueil ;

il sourit et se tourna vers sa femme : « Tu n'auras pas de peine à en faire un cœur vaillant, Dobronia, mais que deviendras-tu, si l'ennemi enveloppait le pays ? la frontière est près d'ici ».

Une lueur d'acier glissait dans le regard bleu de la jeune femme, un sourire de défi entrouvrait ses lèvres : « Je mettrais d'abord les enfants en sûreté, puis, si le malheur me jetait entre les mains de nos oppresseurs, ne crains rien ! Rigardo, ils ne m'auraient jamais vivante ». Son mari l'enveloppait d'un regard plein d'amour, il l'attira contre lui : « Dieu sera pour nous ! Dobronia, si nous sommes destinés à ne plus nous revoir ici-bas, c'est vers lui que nous nous retrouverons un jour ».

« Maître, maître », murmura soudain une voix tremblante d'émotion. Les deux époux se retournèrent brusquement. Une jeune fille se tenait à genoux près de Rigardo ; il poussa une exclamation : « Emineh ! »

L'émotion et le bonheur suffoquaient la Turque ; Dobronia la serra dans ses bras, les enfants lui sautèrent au cou ; elle se dégagea brusquement et plongea son regard de feu dans celui de Domirdji qui l'examinait avec surprise, puis de sa voix grave : « As-tu confiance en moi, maître ? » Comme il ne répondait pas, elle continua : « Je viens pour te sauver, toi et les tiens ! as-tu confiance en moi ? »

Le montagnard stupéfait gardait toujours le silence. Peu à peu, les yeux de la jeune fille se remplirent de larmes, elle joignit les mains : « Oh ! maître, si tu refuses de te fier à moi, je serai impuissante à détourner le danger qui te menace ». Il demeurait indécis : « Parle, explique-toi, que veux-tu ? »

Son ton était froid, Emineh le sentit : « Tu ne veux pas croire en moi, reprit-elle en pesant sur chaque mot. Oh ! maître, tu es trahi ! les Infidèles te savent à la tête de l'insurrection, ils savent que demain tu iras prendre le commandement de tes soldats ; dans deux heures, un bataillon musulman environnera ta demeure, te fera prisonnier, toi et les tiens, et alors malheur, malheur sur vous ! »

Dobronia poussa un cri de terreur : « Sauve-toi, Rigardo, sauve-toi : tu le dois à la patrie ; laisse-nous, qu'importe notre vie ! la tienne est l'âme du pays ». Domirdji réfléchissait : « si c'était vrai... dit-il enfin, mais qui me le prouve ? »

Emineh se redressa de toute sa hauteur. « Moi, je te le dis ! moi, je te le prouve ! moi qui ai tout bravé pour venir à ton secours. Reste ici, si tu doutes de mes paroles ; j'y demeurerai aussi et avant que l'aube blanchisse sur la montagne, le même trépas nous aura réunis dans le ciel ». Il lui tendit la main : « Pardonne-moi ! Emineh, je t'ai offensée, mais que faire ? J'irai à l'instant rejoindre les hommes qui m'attendent ».

Emineh secoua la tête : « Non, des traîtres vendus aux Turcs gardent tous les sentiers praticables ; tu as été livré par tes domestiques : Marangéla et son mari t'ont demandé hier un jour de congé, tu ne les a pas vus revenir aujourd'hui, ils sont chez les Turcs ; ton valet de ferme lui-même doit guider le bataillon ennemi jusqu'ici. Ô maître, il y a longtemps que je veille sur vous tous ! J'ai suivi ton serviteur infidèle, quand pour quelques pièces d'argent, il a promis de te livrer au pacha musulman ; j'ai entendu leur conversation, je sais leur plan. Dès qu'il a été question de révolte, je me suis rapprochée de ta demeure, j'ai veillé à ta sûreté, et maintenant le moment est venu où je puis faire quelque chose pour toi : n'hésite pas ! »

Le montagnard était atterré. « Tu le vois, maître, il faut me suivre ! le salut est à ce prix seul ». – « Et Dobronia, et les enfants, interrompit-il avec véhémence, crois-tu que je veuille les abandonner ? non, non, je mourrai avec eux ou ils me suivront ».

La jeune fille sourit : « Ne crains rien, je les préserverai aussi, je te le jure ! il faut seulement que Dobronia attelle les chevaux au grand chariot et rassemble les choses les plus précieuses que vous désirez conserver. Avant qu'elle ait fini, je serai de retour, car il nous faut partir ensemble, maître, tu dois me suivre ; hâtons-nous, le temps presse ».

Rigardo hésitait encore : n'était-ce pas une folie que de livrer sa vie, le sort des siens, celui de son pays peut-être à cette étrange créature qui, fixant sur lui sa prunelle ardente, lui répétait de sa voix douce : « Pourquoi tarder autant ? viens avec moi ou tout est perdu ». Sa jeune femme le décida. Elle s'approcha de lui et posa un baiser passionné sur son front : « Suis-la ! dit-elle, c'est un ange que Dieu nous envoie ».

Alors Rigardo après avoir pris congé de Dobronia et des enfants s'élança dehors. Emineh lui fit traverser la vallée dans toute sa largeur et le conduisit au pied de la montagne vis-à-vis de la maison. Là, elle prit un sentier raide qui en peu d'instants les conduisit sur une roche escarpée que Domirdji, malgré sa connaissance du pays, avait toujours crue inaccessible. De cet endroit, on apercevait droit en face de soi la demeure de l'Herzégovinien. La porte en était ouverte, même la voix de Dobronia parvenait aux oreilles de son mari ; elle ordonnait aux enfants d'aller détacher les chevaux.

Rigardo chancela ; il saisit brusquement la main de sa conductrice et la serra à la briser : « Jure-moi que tu les sauveras, Emineh ! sans cela il vaudrait mieux pour moi que tu me précipitasses ici en-bas, tu me ferais moins de mal ».

– « Emineh n'a jamais menti, répliqua-t-elle, la mort seule l'empêcherait de veiller à ton salut et à celui des tiens ; mais nous sommes arrivés : regarde ! »

Elle écarta avec peine quelques touffes de buissons épineux et de plantes grimpantes, une ouverture apparut, la jeune fille s'y glissa, suivie par le fugitif. Au bout de quelques minutes, ils se trouvèrent dans une grotte spacieuse. Les restes d'un feu mourant y jetaient encore de légères clartés. Il y régnait un silence profond, les grandes voûtes n'étaient pas accessibles aux bruits du dehors. « Te voilà en sûreté, maître, promets-moi de rester ici jusqu'à ce que je revienne te chercher ». – « Et si tu ne revenais pas ? » – « Je reviendrai dans deux jours. Tu as ici de quoi te nourrir, ici j'ai tout préparé. Où devais-tu aller retrouver les insurgés ? » Il indiqua un petit village de la plaine.

Emineh réfléchit un instant : « Avez-vous un mot de ralliement ? il faut que je le sache ». Il le lui dit. – « Bien, maître, je vais aller trouver tes soldats, les avertir des circonstances où tu te trouves, ils accourront te délivrer ». – « Écoute ! reprit Rigardo, si après-demain soir, vers le milieu de la nuit, tu n'es pas de retour, je penserai que tu m'as trompé, et si j'ai tout perdu par ta faute, si ceux que j'aime me sont à jamais enlevés, si mes soldats croient à ma défection, alors que Dieu te pardonne, Emineh, car je ne saurais empêcher mon cœur de te maudire ! »

La jeune fille était d'une pâleur mortelle, ces paroles lui déchiraient l'âme. Oh ! comme il la connaissait peu, lui qui pouvait l'accuser de trahison ! Elle ne fit cependant aucune protestation, aucune pensée amère ne germa dans son être : « Il a le droit de tout me dire, car il m'a tout donné », pensa-t-elle simplement et elle sortit.

« Sauve-les ! » cria encore Domirdji. Elle était déjà loin et descendait la montagne ; des larmes brûlantes coulaient sur ses joues : « Il ne songe qu'à eux, je lui suis encore moins qu'auparavant ! » puis chassant la douleur : « qu'importe, plus je lui serai indifférente, plus je l'aimerai, et le jour où il me repoussera, j'aurai encore l'espoir de donner une fois ma vie pour la sienne ».

Pendant ce temps, Dobronia s'était hâtée d'atteler les chevaux au chariot couvert de toile, puis elle prépara tout comme la Turque le lui avait dit et attendit son retour.

Emineh ne tarda pas à paraître : « Tout va bien pour lui, Dobronia, dit-elle en réponse au regard anxieux que la jeune femme lui jeta : à ton tour maintenant ! tout est-il prêt ? » Dobronia souleva la bâche du chariot, les petits dormaient dans les bras l'un de l'autre. Emineh se tourna vers leur mère : « Monte devant, à côté de moi ». Elle prit les rênes en mains et l'attelage partit au galop.

Tout à coup, quelques hommes à mine rébarbative sautèrent à la bride des chevaux et les forcèrent à s'arrêter. Emineh ne perdit rien de son calme : « que voulez-vous ? » – « Le Chef, c'est sa voiture ! » – « Le Chef, il n'est pas ici, croyez-vous qu'il s'amuse à aller en voiture à ces heures ? nous sommes attendus au village, laissez-nous passer ! »

Les hommes regardèrent sous la toile. « Tu vois bien qu'il n'y est pas, dit l'un, et je n'aime pas avoir affaire avec cette créature qui se trouve sur le siège : ce doit être un esprit malfaisant ! on dit que tout l'été elle a erré seule dans la montagne ». Dobronia avait à moitié couvert son visage de sa mante ; grâce à l'obscurité, ils ne la reconnurent même pas et laissèrent les fugitifs continuer leur route ; mais elle avait eu bien peur. Emineh la rassura de son mieux : « Nous sommes en sûreté maintenant, calme-toi, je t'en supplie ! »

Les chevaux roux dévoraient l'espace, ils eurent bientôt atteint l'extrémité de la vallée. Il n'était que temps, car au même moment une troupe d'hommes armés, aux sinistres visages, arrivaient près de la demeure de Domirdji et la cernaient en silence.

Après avoir descendu environ la moitié du chemin qui conduisait à la plaine, la jeune fille arrêta les chevaux et les attacha à un arbre. Elle fit descendre Dobronia et les enfants : « Il nous faut marcher maintenant. Je reviendrai m'occuper de l'attelage, il doit me conduire plus loin ».

Au bout d'une heure de chemin au milieu d'un dédale de ronces et d'épines, ils se trouvèrent en face d'une cabane construite en troncs d'arbre ; tous les interstices étaient soigneusement bouchés avec de la mousse. Emineh frappa à la porte, un vieillard vint ouvrir et regarda d'un air soupçonneux les visiteurs qui lui arrivaient à cette heure matinale. En reconnaissant Emineh, il s'inclina. Celle-ci lui tendit la main : « Je viens mettre un trésor sous ta garde, Yanik, jure-moi de veiller sur lui jusqu'à la mort ». – « Quoi que tu me demandes, je le ferai, ne le sais-tu pas ? » répliqua-t-il, depuis le jour où tu m'as sauvé de la colère du pacha turc... »

Du geste, elle le fit taire : « Ne me rappelle pas le passé, il est mort pour moi ! puis, prenant la main de Dobronia : « voici l'épouse de Rigardo Domirdji ». – « L'épouse du Chef ! » et le montagnard se recula avec respect. Emineh reprit : « Oui, c'est elle, je te la confie avec ses deux enfants jusqu'au jour où tu pourras les remettre sans danger entre les mains de son mari ». Dobronia l'interrompit : « Mais tu ne vas pas nous quitter, mon enfant ? » – « Si, il le faut ! c'est pour sauver le maître. J'ai encore une grande course à faire aujourd'hui ». Puis, sans laisser à la jeune femme le temps de se récrier, elle l'embrassa avec passion, serra les deux enfants contre elle et sortit rapidement.

Yanik la suivit ; il fut en peu de mots mis au courant de la situation, puis Emineh s'arrêta : « Il faut maintenant nous quitter, mon ami, nous ne nous reverrons peut-être jamais ». Le vieillard la regardait avec tristesse : Tu vas à ta perte... » Elle reprit : « Que t'importe ! je ne puis autrement, il faut que ma destinée s'accomplisse. Tu as été bon pour moi, tu m'as offert un asile pendant ces deux ans que j'ai passés loin du Chef. Merci, Yanik, Dieu te le rende, souviens-toi de ceux que j'ai remis à ta garde, sauve-les ! »

Elle s'éloigna et s'en fut retrouver son attelage qui l'attendait au bord de la route, puis reprenant sa place sur le siège, elle partit au grand galop.

Il faisait nuit. Dans la plus vaste grange d'un hameau de la plaine, trois ou quatre cents hommes discutaient avec emportement : « Je dis qu'il nous a trahis ! criait l'un, fier et beau jeune homme à la haute stature. Laisserons-nous ces chiens d'infidèles envahir l'Herzégovine, insulter à notre patrie et à notre religion ? – Ha ! puisque notre Chef, puisque Rigardo Domirdji nous abandonne au moment de la lutte, vainquons ou mourons sans lui ». – « Rigardo Domirdji n'est pas un traître, dit soudain une voix douce et sonore : la nuit dernière, comme il se préparait à vous rejoindre, les Turcs avertis et conduits par un homme infâme ont cerné sa demeure ».

Tous s'étaient retournés. Ils virent, debout sur le seuil de la porte, une jeune fille étrangement belle sous ses vêtements couverts de poussière, et malgré la fatigue qui se lisait sur son visage. Un cri de rage et de douleur s'éleva : « Mort, il est mort ! »

Emineh fit un pas en avant, ses traits s'illuminèrent : « Non, je l'ai sauvé ! il est en sûreté, mais c'est à vous d'achever son salut ». Les révoltés entouraient la jeune fille : « Où est-il, où est-il ? » Elle les calma d'un geste et leur raconta ce que faisait Domirdji : « Nous n'avons pas de temps à perdre, dit-elle en terminant, mettez-vous en marche aussitôt que possible, la distance est grande d'ici à sa retraite ; quand pourrez-vous partir ? »

Ils se concertèrent : « Dans la matinée, nous serons prêts ». Elle resta un instant pensive : « C'est bien, cela pourra s'arranger, mais il faut que j'aille avertir le Chef avant ce moment-là. Je lui ai promis d'être de retour demain soir ; si je ne me trouvais pas alors auprès de lui, il sortirait de sa cachette et se découvrirait aux Turcs. Quelqu'un parmi vous possède-t-il un cheval ? » – « Moi, dit celui qui avait désigné Rigardo comme un traître, je suis le seul qui en possède un ».

– « Donne-le-moi, il le faut pour sauver le Chef ».

Le jeune homme hésita une seconde, Emineh le regardait bien en face ; il se décida : « Je te donne ce que j'aime le mieux au monde en te donnant mon cheval ; mais pour Domirdji, je puis le sacrifier, ne fût-ce que pour me punir d'avoir mal parlé de lui tout à l'heure ».

L'Herzégovinien amena une superbe bête toute frémissante d'impatience, puis il regarda la Turque avec inquiétude : « Tu seras renversée ». Elle sourit, s'aida d'une grosse pierre et s'élança sur l'animal : « Vous serez là comme j'ai dit, cria-t-elle encore, ct lorsque demain vous aurez chassé les Turcs qui infestent la vallée où la maison de Domirdji est située, vous attendrez celui-ci jusqu'au soir ; pour sa sûreté, il ne faut pas qu'il vous rejoigne avant ». Puis, d'une main elle saisit la bride, de l'autre elle se cramponna à la crinière du cheval et partit au galop dans les ténèbres.

Toute la nuit durant, elle avança sans relâche ; sa monture semblait comprendre l'importance de cette course rapide. Ravines, fossés, la noble bête franchissait tout d'un pied sûr.

Le lendemain, vers le milieu du jour, Emineh arriva dans la vallée où s'élevait la ferme de Rigardo. Pour arriver à la retraite de celui-ci, la jeune Turque se trouvait forcée de traverser l'étroit plateau dans toute sa longueur ; le petit sentier situé vis-à-vis de l'habitation de l'Herzégovinien était le seul passage qui permit d'atteindre la grotte. Emineh sauta à terre et réfléchit un instant. Sans doute, les Turcs occupaient encore la vallée, comment faire pour leur échapper ?

Elle laissa le cheval aller à l'aventure et se mit à ramper le long des broussailles qui couvraient le bas de la montagne. Soudain une clameur farouche s'éleva ; trois hommes entouraient la jeune fille. Elle se releva d'un bond et regarda autour d'elle : toute fuite était impossible. Elle essaya cependant de s'élancer plus loin. Ils la retinrent en se pâmant de rire : « Viens, viens devant le chef, tu t'expliqueras avec lui ». Et ils l'entraînèrent jusque dans la maison de Domirdji.

Combien tout y était changé ! à cette même place où la veille Rigardo et Dobronia causaient appuyés l'un sur l'autre, un pacha turc et plusieurs officiers fumaient et plaisantaient.

Quand les trois hommes entrèrent avec la captive, le premier se retourna : « Par Mahomet, voilà une belle prise... » il s'arrêta soudain, un éclair mêlé de joie et de fureur passa dans son regard : « Emineh, je te retrouve enfin ! »

La prisonnière avait pâli, son visage avait revêtu une expression de haine et de mépris impossible à décrire.

Le musulman voulut s'approcher d'elle et lui saisir les mains ; elle fit rapidement un pas en arrière et tira un petit poignard de sa ceinture : « Lâche ! s'écria-t-elle, crois-tu que j'aie oublié le passé ? crois-tu que le temps ait affaibli l'horreur que je ressens pour toi ? Non, non, détrompe-toi ! les obstacles qui s'élevaient entre nous n'ont fait que grandir depuis ces jours-là. Alors j'étais musulmane, je suis une chrétienne aujourd'hui ».

Elle s'était redressée, palpitante, indignée, les narines frémissantes, les yeux pleins d'un feu sauvage, une légère rougeur avait envahi ses joues.

L'officier s'approcha encore : « Dieu, que tu es belle ainsi, Emineh ! pourquoi ton cœur est-il si froid ? allons, un bon mouvement, embrasse-moi ! » Il s'inclinait déjà vers elle. D'un bond, elle recula jusqu'au mur, et levant le bras dans un mouvement superbe : « Tu l'as voulu », dit-elle.

Le Turc s'était instinctivement jeté de côté ; un éclair passa devant ses yeux, et le poignard lancé par la main ferme de la jeune fille alla s'enfoncer profondément dans la table.

Un cri de fureur s'éleva dans la salle. L'officier, blême de rage, voulut s'élancer sur elle, mais Emineh dardait sur lui un regard étrange, profond, plein de lueurs fauves. Il s'arrêta comme un tigre dompté. Elle se mit à rire d'un rire méprisant : « Eh bien, frappe-moi, tue-moi ! ce sera la meilleure action de ta vie ».

Le Turc semblait s'être calmé, mais quelque chose de sinistre luisait dans ses yeux bruns : « Sais-tu, demanda-t-il encore, où se cache le propriétaire de cette maison ? » Emineh tressaillit ; sa haine pour le musulman avait un instant dominé sa reconnaissance pour Rigardo. Que serait devenu ce dernier, si l'infidèle, emporté par la colère, l'eût mortellement frappée ?

Elle reprit la parole : « Oui, je sais où se trouve Rigardo Domirdji : c'est moi qui l'ai sauvé ». — « Où donc est-il ? parle, si tu tiens à la vie ». Elle eut un geste de dédain : « Je tiens à la sienne ». Un méchant rire passa sur les lèvres de l'officier : « Nous saurons bien te faire parler », et se tournant vers un de ses hommes, il ajouta : « Qu'on la garrotte ».

Les pieds et les mains liés de cordes qui déchiraient sa peau délicate, Emineh fut jetée en un coin de la salle ; mais elle ne sentait pas la douleur ; une seule pensée la dominait et l'affolait : Rigardo, Rigardo, qui dans cet instant attendait son retour, qui – voyant qu'elle ne revenait pas – allait quitter son asile et tomber entre les mains de ses ennemis. Non, jamais ! elle trouverait un moyen, elle irait, la mort même ne l'en empêcherait pas.

Le pacha turc causait avec un de ses lieutenants : « Vous connaissez donc l'histoire de cette étrange créature », dit ce dernier. — « Certainement, je la connais depuis bien longtemps ». — « Alors, racontez-la moi pour tuer les heures ; le temps se fait long à surveiller ce plateau désert ».

Son interlocuteur alluma un nouveau cigare : « Je veux bien, autant parler de cela que d'autre chose. Il y a un peu plus de deux ans, je battais la frontière monténégrine – ces diables de gaillards sont toujours plus ou moins en ébullition. Un de mes soldats m'amène un vieux paysan qui criait comme un aigle, parce que nos chevaux fourrageaient dans ses champs. J'ordonne de le faire taire au moyen de cinquante coups de plat de sabre, il n'en fait que plus de train.

Nous campions près d'un hameau abandonné. Les habitants avaient fui à notre approche. Tout à coup, une jeune fille sort vivement d'une de ses masures et vient se jeter à mes pieds ; le bas de sa figure est voilé, mais j'aperçois des yeux magnifiques ; elle me supplie en pleurant d'accorder sa grâce au malheureux. Il me vient une idée : « J'y consens, ma belle, mais à une condition, tu vas ôter ton voile et nous montrer ta figure ».

Elle reste un moment indécise, puis répond de sa voix harmonieuse : « Je le veux bien, mais laisse d'abord aller cet homme ». Je fais un signe à mes soldats, ils lâchent le prisonnier : « Qu'on ne te revoie jamais par ici, ou tu seras tué comme un chien », lui dis-je encore ; il s'échappe tout peureux. La jeune fille le regarde, lui crie quelque chose que je ne comprends pas, puis arrache son haïk.

Je demeure ébloui ; elle se sauve en courant et rentre dans la maison d'où elle était sortie. Je l'y cherchai : je me trouvai vis-à-vis d'un vieux Monténégrin et de sa femme malade ; ils étaient chrétiens, la jeune fille était leur nièce. Sa mère avait épousé un musulman ; tous deux étaient morts ; depuis quinze jours, Emineh vivait sous leur toit. J'offris d'acheter la belle enfant ; ils me la refusèrent avec indignation et dirent qu'ils aimeraient mieux mourir que de consentir à ce trafic. Ils faisaient bien les dégoûtés pour des chiens qu'ils étaient. J'ordonnai de mettre le feu à la masure et enlevai la jeune fille ; les deux vieux flambèrent avec le reste.

La Turque, une fois ma prisonnière, j'essayai de conquérir ses bonnes grâces, mais elle me témoignait une aversion inébranlable. J'employai tous les moyens ; cadeaux, menaces, rien n'y fit. Comme elle était encore fort jeune, je pris patience et me préparais à l'envoyer sans escorte chez moi, dans mon harem, lorsqu'un jour elle disparut subitement, sans que jamais personne ait pu me donner de ses nouvelles. Tu comprends ma satisfaction en la retrouvant si inopinément ; j'ai pourvu à ce qu'elle ne me glisse pas de nouveau entre les doigts. Je la ferai bien céder, dussé-je la laisser mourir de faim et de soif sous mes yeux ; elle me payera tous les ennuis qu'elle m'a causés. D'abord, il faut que je sache de sa bouche où se cache Domirdji ; il ne peut être bien loin, tous les passages accessibles de la montagne sont gardés. Il faut que nous le prenions mort ou vif : sa tête nous vaudrait une belle récompense ! »

L'après-midi s'écoula lentement, la nuit vint ; Emineh toujours impuissante et étroitement surveillée sentait sa raison s'égarer.

À force de fumer et de boire, les Turcs finirent par s'endormir. Ils ne prévoyaient aucune attaque et n'avaient même pas posté de sentinelles ; personne même ne resta éveillé pour garder la captive : comment aurait-elle pu échapper à ses entraves ?

Quand elle les vit tous dormir, Emineh commença à ronger les cordes qui retenaient ses mains. À force d'énergie et de patience, elle parvint à les dégager ; restaient les pieds si étroitement serrés par les liens que chaque mouvement lui causait une douleur violente, mais que lui importait ? Rigardo souffrait aussi là-haut, et devant cette pensée, Emineh ne sentait rien, ne voyait pas les gouttes de sang qui s'échappaient de ses doigts meurtris. Enfin la corde céda ; rien ne remuait plus dans la salle. Le pacha turc dormait profondément, la tête un peu renversée en arrière, l'uniforme ouvert sur la poitrine.

Emineh le regardait, un sourire étrange se dessinait sur ses lèvres ; le feu de la vengeance étincelait au fond de ses yeux. Des armes étaient là tout près, elle n'avait qu'à les saisir ; les lueurs mourantes du foyer lui montraient la poitrine nue de cet homme abhorré. Un coup de poignard dans ce cœur vil et lâche et tout serait fini. Mais à l'instant où levant le bras pour frapper, elle allait céder à sa haine, un sentiment bizarre la retint : « Rigardo ne ferait pas cela ; il ne frapperait pas un homme pendant son sommeil. C'est lui qui te sauve », murmura-t-elle, et elle se glissa silencieusement dehors par la porte laissée entrouverte à cause de la chaleur.

En peu d'instants, elle fut au pied de la forêt ; un magnifique clair de lune répandait des lueurs d'argent sur la vallée. Emineh commença à gravir le pénible chemin. Soudain des clameurs furieuses s'élevèrent au-dessous d'elle, sa fuite était découverte.

La pauvre enfant se hâta ; le but était proche, elle voulait l'atteindre. Un coup de feu retentit ; elle chancela ; le clair de lune l'avait trahie. Elle se sentit mortellement atteinte, mais par un miracle d'énergie et d'exaltation, elle rassembla ses forces défaillantes et continua sa route. Les mains affaiblies s'accrochaient aux herbes, aux plantes, à tout ce qui s'offrait.

Enfin, elle arriva en haut. Les Turcs fouillaient le pied de la forêt sans parvenir à trouver l'entrée du sentier qui pouvait seul les mener sur les traces de la fugitive.

Elle se glissa dans la caverne. Rigardo rêvait, sombre et morne ; déjà plus d'une fois, il avait été sur le point de s'élancer dehors ; il ne pouvait supporter cette inactivité, l'inquiétude le dévorait. Il ne vit pas la jeune fille entrer, elle se traîna jusqu'à lui : « Maître, murmura-t-elle, si tu avais eu un chien fidèle, mort en te défendant, penserais-tu à lui avec affection ? »

Il la regarda et poussa un cri de joie : « Te voilà ! les miens sont-ils sauvés ? » – « Oui, répondit-elle les yeux rayonnants de bonheur. Ils sont en sûreté et tes soldats avertis par moi seront ici dans quelques heures et chasseront les Turcs. Ce soir, ils t'attendront dans ta demeure et tu pourras les rejoindre sans danger ; mais jure-moi de ne pas sortir d'ici avant ce moment quoi qu'il puisse arriver, quoi que tu puisses entendre ; il y va de ton salut ».

Elle s'arrêta un instant. C'était la dernière fois qu'elle le voyait sur la terre, la dernière fois qu'elle lui parlait, et elle avait peine à vaincre son émotion ; puis elle reprit : « Maître, es-tu content ? le désir de ma vie était de t'être utile. Dieu soit béni ! j'ai pu réaliser mon but, j'ai pu veiller sur toi, j'ai pu détourner le malheur qui te menaçait ».

Rigardo comprit tout à coup. L'étrange conduite de sa protégée, la vie qu'elle avait menée depuis deux ans, sa subite réapparition, tout cela s'expliqua clairement et nettement à ses yeux. Une émotion profonde le saisit ; il se pencha vers elle et l'embrassa sur le front : « Mon Emineh, ma fille bien-aimée, pardonne-moi ! tu ne me quitteras plus désormais, car tu m'es devenue aussi chère que les bien-aimés que tu m'as conservés ».

Emineh, en proie à une sorte d'extase, fermait les yeux ; elle oubliait tout, les Turcs, la blessure, la mort qui s'approchait. Elle ne voyait que Rigardo, n'entendait que lui : « Mon père ! » murmura-t-elle, puis le sentiment des choses extérieures lui revint. Le moment d'inexprimable bonheur arrivait trop tard, il lui fallait maintenant quitter pour toujours celui qu'elle avait sauvé.

Elle ne voulut pas lui dire de quel prix elle payait ce salut ; Rigardo avait besoin de toute sa force et de toute son énergie ; cette révélation l'eût troublé, l'eût empêché d'agir ; et Emineh repoussa cette coupe de bonheur qui s'approchait trop tard de ses lèvres. Elle fit un pas en arrière : « Je dois partir ! » Il s'y opposa : « Non, non ! je ne le veux pas. Reste avec moi ! nous irons ensemble retrouver nos amis ».

Elle l'enveloppait d'un regard triste et chatoyant : « Tu as promis de te fier à moi ; laisse-moi donc aller, il le faut pour ta sûreté ». Puis s'affaissant tout à coup aux pieds de Domirdji : « Mais avant de nous séparer, bénis-moi ! ô mon père bien-aimé ; fais descendre sur ma tête la protection de ton Dieu ».

Rigardo tressaillit : « Emineh, que vas-tu faire ? tu m'effrayes, mon enfant : c'est comme si tu allais me quitter pour toujours ». – « Ne crains rien, murmura-t-elle avec douceur, du lieu où je m'en vais, je ne cesserai de veiller sur toi ». Elle se tenait à genoux devant lui, pâle comme la neige, ses yeux rayonnant d'une flamme céleste tournés en haut. Il étendit ses mains au-dessus d'elle : « L'Éternel te bénisse et te garde », dit-il de sa voix grave qui résonnait sous la voûte.

Emineh se releva ; il y eut un instant de silence, puis de sa voix qui vibrait d'une façon indéfinissable : « Père, adieu ! » et plus bas elle ajouta : « Au revoir ! » en désignant le ciel.

Domirdji ne vit pas ce geste, mais une émotion profonde lui serrait le cœur ; les yeux du fort montagnard étaient mouillés de larmes : « Adieu, mon enfant chérie, je te laisse aller, puisque tu y tiens absolument. Tu sais mieux que moi ce qu'il faut faire, mais prends bien garde ! conserve-toi pour nous ; nous nous retrouverons bientôt pour ne plus nous quitter jamais : tu as été notre bon ange, Emineh ».

Un divin sourire illuminait la douce figure de la jeune fille ; elle ne répondit que par un regard et se glissa dehors.

Les Turcs n'étaient pas éloignés ; ils l'aperçurent haletante, à bout de forces, assise sur la plate-forme de rochers, et poussèrent de joyeuses exclamations. Le jour commençait à poindre, de vagues rayons roses se mêlaient au gris du crépuscule. La jeune fille se redressa : « Non pas vivante, ils ne m'auront pas vivante ! » et elle essaya de se traîner plus loin ; mais suivie de près, l'héroïque créature eut un instant de désespoir.

L'ennemi approchait ; il l'insultait déjà et ses invectives grossières parvenaient à son oreille. Elle releva la tête et dans une suprême prière : « Ô Dieu, murmura-t-elle, encore un peu de forces, le temps d'atteindre un refuge, quel qu'il soit ». Elle reprit sa marche soutenue par une force invisible.

Elle arriva enfin au bord d'une pente de gazon extrêmement rapide ; au bas une rivière tranquille et sombre baignait de ses eaux vertes les rochers à pic qui s'élevaient sur sa rive opposée.

Les Turcs apparaissaient déjà droit derrière la fugitive, le pacha en tête ; il la vit s'affaisser et s'élança vers elle avec un cri de joie. Mais Emineh s'était laissée glisser sur la pente fleurie : « Je suis heureuse, il est sauvé, Dieu est bon », avait-elle encore murmuré, et maintenant elle reposait endormie pour toujours dans les flots d'émeraude, ses cheveux détachés par sa chute l'enveloppaient d'un manteau sombre ; ses beaux yeux étaient fermés, un vague sourire errait encore sur sa figure sereine.

... « Adieu ! Emineh, repose en paix dans ta tombe mouvante. Nul être humain ne la troublera jamais : Dieu seul la connaît ».

L'officier turc avait poussé un cri de rage en voyant sa proie lui échapper. Il tenta de descendre jusqu'à la rivière, ses hommes l'en empêchèrent. Au même moment, une violente décharge d'armes à feu retentit. Le pacha frappa du pied : « Nous sommes trahis ; c'est l'œuvre de cette créature, il nous faut redescendre ». Tous rebroussèrent chemin à la hâte et retournèrent dans la vallée où les Herzégoviniens cernaient les Turcs demeurés de garde.

Quand vint le soir, les Musulmans avaient fui, et le tranquille plateau présentait presque son aspect accoutumé.

Sous les derniers rayons du soleil, Rigardo, fidèle à la promesse qu'il avait faite à Emineh sortit de sa retraite. Il prit d'un pas joyeux le chemin de sa demeure où ses soldats le reçurent avec enthousiasme.

Il ne se doutait point qu'il ne reverrait jamais celle qui avait tout sacrifié pour lui, et qui dans cette heure même reposait comme en un cercueil d'émeraude sous les flots de la rivière profonde.

Bevaix, 29 Septembre 1882.

RÉCIT GREC

C'était le dernier jour des fêtes célébrées à Delphes en l'honneur d'Apollon. Le disque enflammé du soleil s'inclinait déjà fortement à l'horizon, et ses rayons obliques changeaient en autant de colonnes d'or les piliers du temple où le dieu était adoré.

La vaste place qui se trouvait devant le bâtiment était déserte ; la foule qui la remplissait naguère s'était dispersée et rien ne troublait plus le silence du sanctuaire, lorsqu'un chant lointain s'éleva dans les airs et se rapprocha peu à peu. Bientôt, au contour du chemin, apparut un cortège de jeunes hommes. À la manière particulière dont le bout de leur manteau était rejeté sur leur épaule gauche, au nœud singulier de leur cothurne, et surtout aux rameaux d'olivier sacré qu'ils tenaient en leurs mains, on reconnaissait en eux au premier coup d'œil des fils de la vaillante Athènes.

Ils s'arrêtèrent au pied des marches du temple, devant une statue magnifique représentant le dieu en grandeur naturelle ; et le premier d'entre eux, élevant une couronne de laurier qu'il tenait en ses mains, en couronna le front de la divinité. « Ô Apollon ! dit-il, dieu du Soleil, ne repousse pas notre hommage, jette un regard favorable sur notre patrie, que les arts y fleurissent toujours et que la prospérité l'accompagne ! »

Il achevait, que la lourde portière qui masquait l'entrée du temple se déplaça et sur le seuil, les yeux dilatés par l'exaltation et lançant des flammes, le front haut et superbe, la bouche fière et triste, Mégare, la prêtresse d'Apollon, apparut ; encore tout enivrée des fumées de l'encens qui formaient comme un nuage autour d'elle, elle appuyait chancelante une de ses mains au portique de marbre, tandis que de l'autre elle écartait la lourde draperie. Sur ses cheveux noirs comme le jais et tombant en ondes épaisses jusqu'à ses genoux était posée une couronne de verveine dont le feuillage vert sombre encadrait admirablement sa tragique beauté.

Un murmure d'admiration parcourut les rangs des jeunes hommes, ils s'inclinèrent avec respect. « Le dieu vous remercie, ô Athéniens ! dit la prêtresse d'une voix basse et sonore, il a abaissé sur vous un regard bienveillant. Pallas Athéné verra durant de longs jours encore les sciences et les arts fleurir au milieu de la cité qu'elle protège ».

Les étrangers s'inclinèrent jusqu'à terre ; puis, après avoir déposé de riches offrandes au pied de la statue du dieu, ils s'éloignèrent lentement.

Lorsque tout fut désert, la prêtresse fit quelques pas en avant et descendit les degrés du temple ; puis, s'arrêtant près de l'Apollon, elle appuya légèrement son bras sur l'épaule du dieu, et tomba dans une profonde rêverie.

Un grenadier en fleurs étendait ses rameaux au-dessus de leurs têtes et les derniers rayons du soleil passant à travers les branches fleuries épandaient des lueurs rosées sur la divinité de marbre, lui communiquant une apparence de vie, et sur les blanches draperies de la prêtresse dont le beau visage un peu dans l'ombre avait pris une pâleur de mort. On eût cru voir dans ce groupe que le ciseau du sculpteur eût été impuissant à rendre dans sa souveraine magnificence, la perfection de la beauté humaine unie à l'incarnation de la beauté divine.

Cependant, un étranger s'avançait vers le temple. Il était jeune encore et son visage aux traits puissants et réguliers, ses yeux perdus dans l'infini, son front plissé par la méditation, attiraient les regards. Il vint s'agenouiller devant le dieu, sans que la prêtresse le remarquât.

« Ô Apollon ! dit-il, chef des Muses, toi qui résides sur les altiers sommets du Parnasse, toi qui chaque jour traverses les cieux, guidant la course du soleil, créateur des arts, écoute ma prière ! Abaisse sur ton disciple un complaisant regard et fais luire en mon âme un rayon de tes feux ! Que je puisse enfin réunir dans une unité parfaite et sublime ces flottantes images qui sans cesse passent devant mes yeux et s'effacent, avant que je puisse les retenir et les fixer à jamais dans mon âme. Apprends-moi à décrire avec des traits de feu le bouillant Achille, le sage Nestor, l'inconsolable Priam, le rusé Ulysse. — Ô divin Apollon ! ne me retranche pas la moitié de ce don que tu m'as fait, et si mon esprit a pu concevoir ces grandes idées, permets que mes lèvres les expriment dans toute leur grandeur. Que pourrais-je t'offrir, ô Apollon, pour que tu m'exauces ? Hélas ! la fortune capricieuse ne m'a pas enrichi de ses dons, ton serviteur est pauvre, il n'a que son génie à t'offrir. Donne-lui donc des ailes pour s'élever jusqu'à toi, des lèvres de feu pour te célébrer dans tous ses plus beaux chants et le monde entier te verra guidant les destinées de ces héros que ma voix va faire revivre ».

Alors l'étranger tira des plis de son manteau une lyre à sept cordes, et s'accompagnant de ses sons harmonieux, il entonna en l'honneur du dieu un hymne superbe ; et devant ces accents d'une beauté si énergique et grande, la nature tout entière se tut et écouta.

Dès les premières notes, la prêtresse avait tressailli et maintenant elle se tenait penchée légèrement en avant, égarée, les mains crispées. — Avec exaltation, elle arracha soudain de la tête du dieu la couronne de laurier, présent des Athéniens, et la posa sur le noble front de l'inconnu : « Tu la mérites plus que lui ! chantre divin, s'écriait-elle, il inventa les arts, mais toi, tu les immortalises ».

Le visage de l'étranger s'illumina d'une clarté presque céleste. On eût dit qu'il remarquait alors la beauté de la Grecque, et poussant une exclamation : « Quelle es-tu, vision qui m'ouvres un horizon nouveau ? dit-il. Ah ! telle Hélène dut apparaître aux yeux des Troyens éblouis, telle tu m'apparais, divinité nouvelle, sur les marches de ce temple », et faisant un pas en avant, il allait se prosterner devant elle, lorsqu'une voix terrible fit trembler le ciel et la terre : « Malheur à toi, prêtresse sacrilège, disait-elle, malheur à toi qui as osé préférer l'homme au dieu ! »

Le sol s'ébranla, un éclair passa devant les yeux de l'étranger qui s'abattit aveuglé sur la terre, tandis que la lourde statue d'Apollon oscillant sur sa base se brisait soudain en plusieurs morceaux ; l'un d'eux frappa la Grecque au front et l'entraîna mortellement blessé au bas des degrés de marbre du temple ; bientôt quelques gouttes de sang pareilles à des rubis étincelèrent dans ses cheveux d'ébène, puis l'immobilité de la mort régna sur ces lieux que les derniers feux d'un soleil rougeâtre éclairaient de lueurs fantastiques.

La nuit était déjà avancée, et la lune versait des flots d'argent sur les deux corps étendus sur les marches du temple, lorsque l'un d'eux fit un mouvement et se redressa lentement. C'était l'étranger ; il leva les mains au ciel et ses yeux devenus mornes, démesurément ouverts : « La lumière du jour m'est ravie, dit-il, mais n'ai-je point vu dans cet éclair qui me l'a ôtée mon œuvre se dresser achevée et parfaite ? Ô monde extérieur ! la dernière image qui me reste de toi, n'était-ce point celle de la beauté divine que j'ai vainement cherchée jusqu'ici ? Où n'atteindrai-je pas sous cette influence mystérieuse qui ouvre de nouveaux horizons à mon esprit fatigué ? Ô Apollon, ô déesse ! c'est le baptême du génie que j'ai reçu de vous ; est-ce le payer trop cher ? Non, non ! car en m'ôtant la lumière du jour, vous m'avez donné celle de l'âme. Ah ! soyez-en bénis ».

Puis, cherchant en chancelant sa route, l'aveugle s'éloigna ; et quand l'aurore apparut, mouillant de ses pleurs le corps inanimé de la prêtresse, on vit en caractères étranges à la place qu'occupait la statue du dieu, un nom gravé sur le marbre ; et le premier passant qui s'approcha de ces lieux lut en s'inclinant le nom immortel d'Homère.